오늘의 질문

A Question of The Day

당신을 지탱한 질문은 무엇인가요?

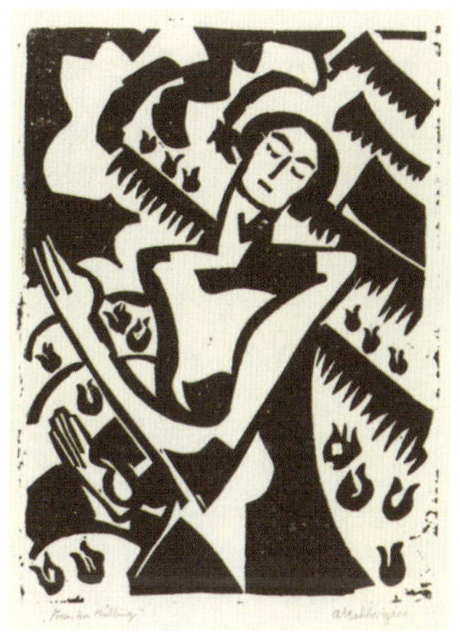

류재희 · 최윤정 지음

오늘의 질문

느린
서재

넘어진 우리는, 질문합니다.

2006년 우리는 바르셀로나에서 교환 학생으로 처음 만났습니다. 재희는 디자인을, 윤정은 문학을 전공하던 대학생이었고, 열정적인 햇살과 자유로운 공기가 가득한 그 도시에서 우리는 눈부신 1년을 함께 보내며 친구가 되었습니다.

그 후 '언젠가 함께 글을 쓰고 그림을 그려 책을 만들자'는 약속을 남기고 각자의 삶으로 돌아갔습니다.

우리는 취업을 준비하고, 원하는 곳에 입사해 열심히 일했습니다. 결혼과 출산을 겪으며 세상이 말하는 '성공적인 삶'을 향해 묵묵히 걸어왔습니다. 그러던 어느 날, 서로 다른 이유로 비슷한 시기에 작은 돌부리에 걸려 넘어졌고, 그제야 우리는 처음으로 걸음을 멈추고 서로에게 물었습니다.

과연 우리가 향해온 이 길이 맞는 걸까?
세상이 말하는 '성공'은 정말 우리가 원하는 삶일까?

우리는 20년 전, 아무것도 두렵지 않던 학생 시절처럼 손에 쥔 것을 잠시 내려놓고 로마행 비행기표를 끊었습니다. 그곳에서 오랜만에 숨을 고르며, 앞만 보고 달리느라 놓쳤던 평범하고 소중한 시간을 다시 만났습니다. 남편과 아이, 가족 그리고 일—그동안 말하지 못했던 안부와 깊은 마음속 이야기들을 나누었습니다. 그리고 한국으로 돌아오는 길에 하나의 질문이 마음에 남았습니다.
"앞으로 우리는, 어떻게 살아야 할까?"

솔직히 잘 모르겠습니다. 절대 그럴 리 없다고 장담했던 일에 스스로 무너질 때도 있고, 옳다고 믿었던 선택이 과연 옳았는지 되묻게 될 때도 있습니다. 하지만 이제는 그것이 그리 중요한 문제만은 아니라는 생각이 듭니다.
오늘 하루, 내 곁의 누군가에게 작은 친절을 베풀고, 세상이 나를 바꾸려 할 때 나 자신을 지키기 위해 애쓰는 일 — 그 사소한 선택들이 오히려 더 중요한 게 아닐까 하는 질문이 떠오릅니다.

우리는 그림과 글에, 상처 입은 마음을 어루만지는 힘이 있다고 믿습니다.
이 책은 그런 믿음에서 시작되었습니다. 그 믿음으로 그림을 고르고, 오래 남을 문장들을 골랐습니다. 우리에게 좋았던 질문이 당신에게도 가닿기를 바라며 질문을 적었습니다.
하루에 한 장씩 마주하는 그림 하나, 문장 한 줄, 그리고 질문 하나가 당신의 삶과 마음을 따뜻한 색감으로 물들일 수 있기를 바랍니다. 빈 페이지에, 당신의 마음을 정리하며 당신만의 이야기를 완성하시기를.

- 2025년의 초여름, 류재희·최윤정 드림

하루에 한 장, 오늘의 명화를 골랐습니다.

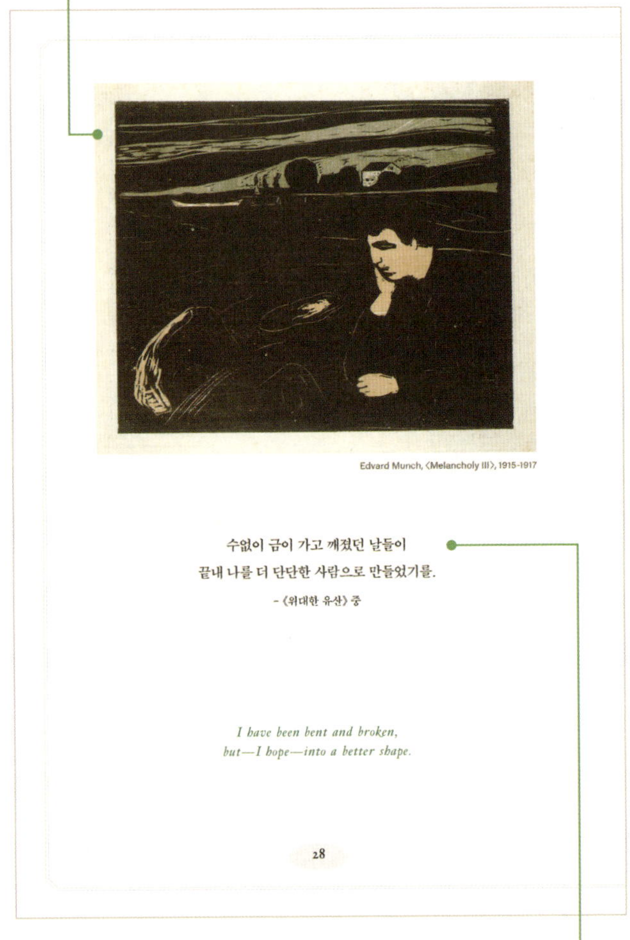

Edvard Munch, ⟨Melancholy III⟩, 1915-1917

수없이 금이 가고 깨졌던 날들이
끝내 나를 더 단단한 사람으로 만들었기를.

– 《위대한 유산》 중

I have been bent and broken,
but—I hope—into a better shape.

명화에 어울리는 좋은 문장을 하루에 하나씩 읽어보세요.
문장을 고르고 직접 번역했습니다.

오늘, 스스로에게 묻고 싶은 질문들에 답해 보세요.
이 질문들이 당신에게 갖는 의미를 생각해 보세요.

Day. 010

홀로 허허벌판에 떨어졌다고 느낀 적이 있나요?

A Question of The Day

당신을 지탱한 질문은 무엇인가요?

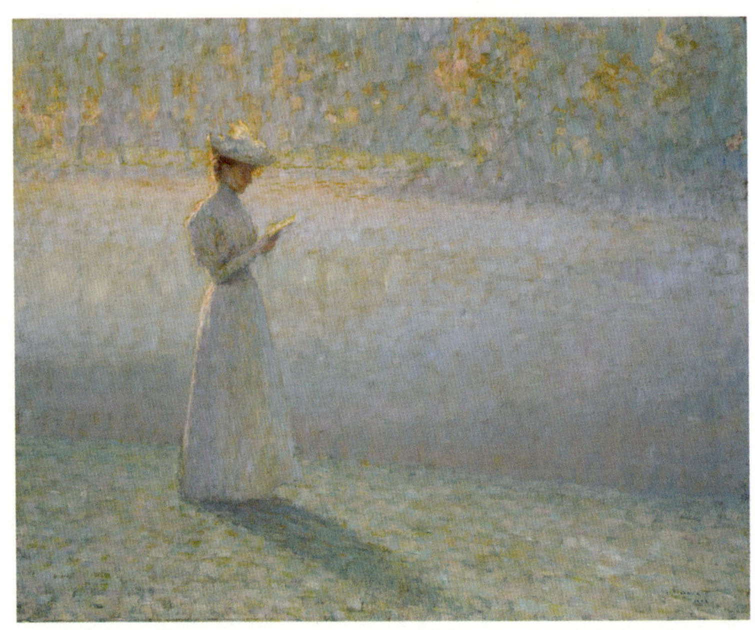

Henri Le Sidaner, 〈Femme lisant dans un paysage〉, 1898

내가 만약 한 사람의 마음이라도 상처받지 않게 막을 수 있다면
헛되이 사는 것 아니리.
내가 만약 한 사람의 고통을 덜어주거나 아픈 마음을 어루만질 수 있다면,
지쳐 쓰러진 울새 한 마리를 다시 둥지에 올려놓을 수 있다면
나 헛되이 사는 것 아니리.

– 에밀리 디킨슨

If I can stop one heart from breaking,
I shall not live in vain.
If I can ease one life from aching,
Or cool one pain,
Or help one fainting robin Unto his nest again,
I shall not live in vain.

어떤 삶을 살고 싶나요?

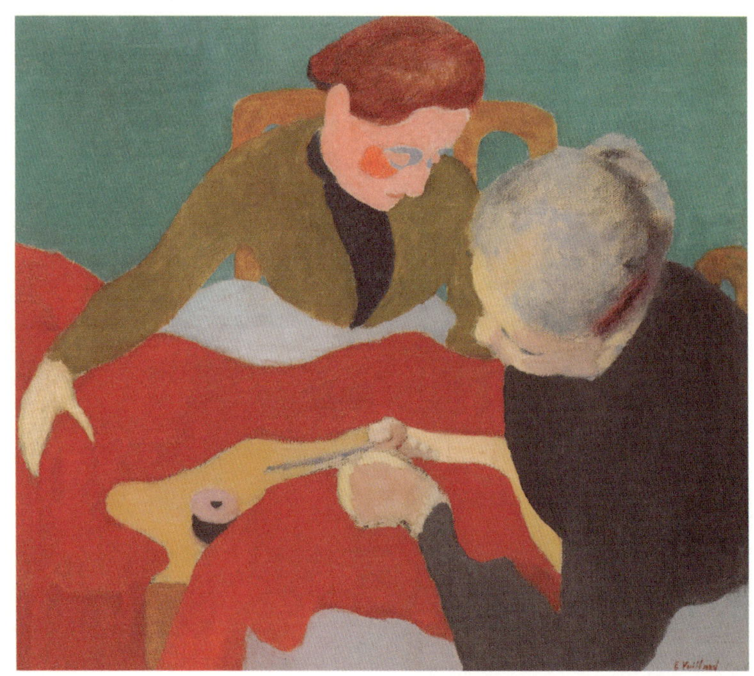

Édouard Vuillard, 〈Les Couturières〉, 1890

삶의 의미는 내 안의 재능을 발견하는 데 있고,
삶의 목적은 그 재능을 개발하는 데 있으며,
삶의 의미는 그 선물을 세상과 나누는 데 있다.

– 데이비드 비스코트

The purpose of life is to discover your gift.
The work of life is to develop it.
The meaning of life is to give your gift away.

내 재능을 나누며 살고 있나요?

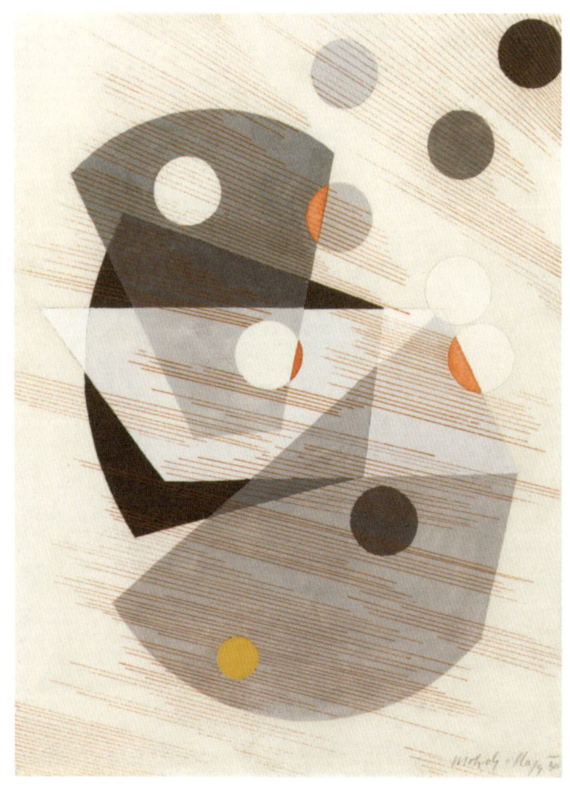

László Moholy-Nagy, 〈Grey Overlappings〉, 1930

선과 악이란, 결국 우리 마음이 그것을
어떻게 받아들이느냐에 달려 있다.

– 《햄릿》 중

There is nothing either good or bad,
but thinking makes it so.

내가 세운 기준으로 남을 힘들게 한 적이 있나요?

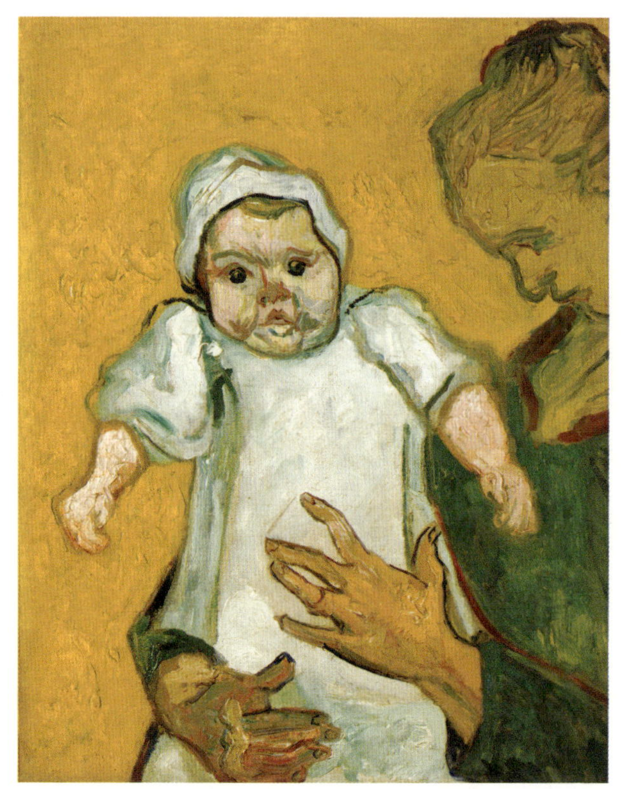

Vincent van Gogh, 〈Madame Roulin and Her Baby〉, 1888

모든 어른은 한때 아이였지만,
그 사실을 기억하는 어른은 드물다.

- 《어린 왕자》 중

All grown-ups were once children,
but only a few of them remember it.

어린 시절의 나는 어떤 아이였나요?

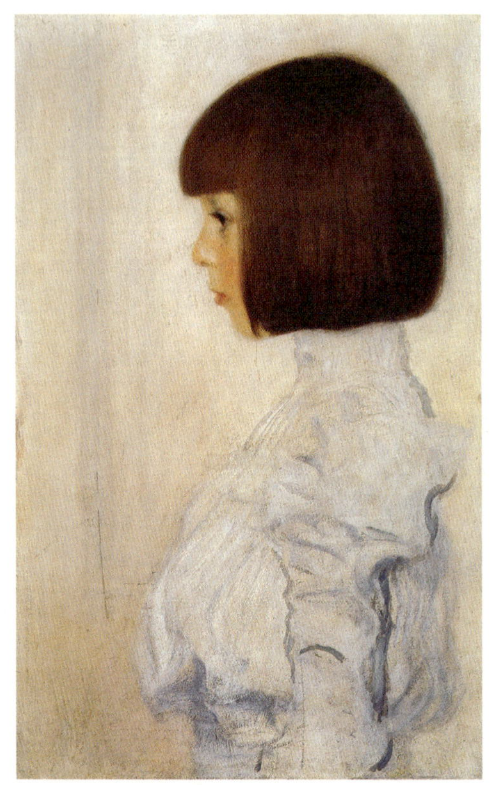

Gustav Klimt, 〈Portrait of Helene Klimt〉, 1898

삶은 고통의 연속이지만 여전히 소중하다.
그리고 나는 내 삶을 지켜낼 것이다.

－《프랑켄슈타인》중

Life, although it may only be an accumulation of anguish,
is dear to me, and I will defend it.

삶은 왜 소중할까요?

삶은 왜 소중할까요?

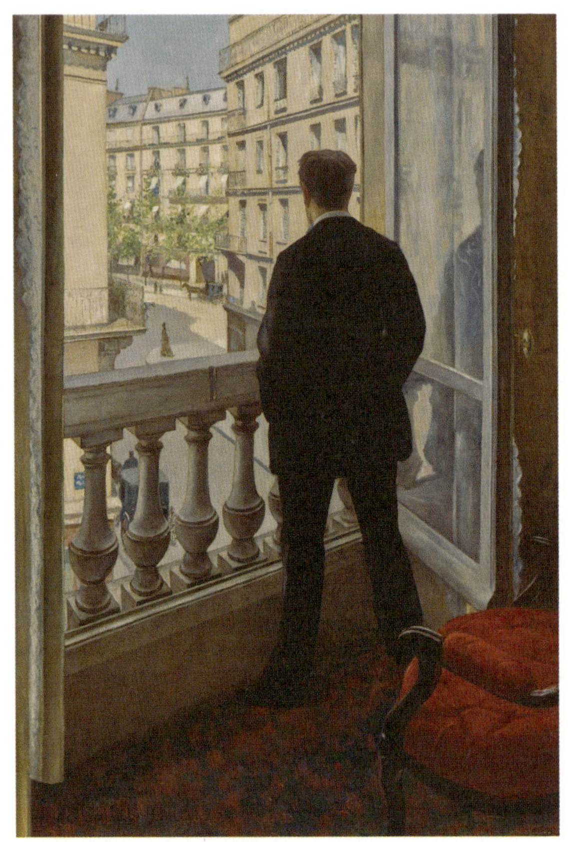

Gustave Caillebotte, 〈Young Man at His Window〉, 1876

당신을 끊임없이 다른 누군가로 만드려는 이 세상에서
자기 자신이 되는 일은 세상에서 가장 위대한 성취이다.

– 《자기신뢰》 중

*To be yourself in a world that is constantly trying
to make you something else is the greatest accomplishment.*

내가 원하던 나의 모습과 현재 나의 모습은
어느 정도 일치하나요?

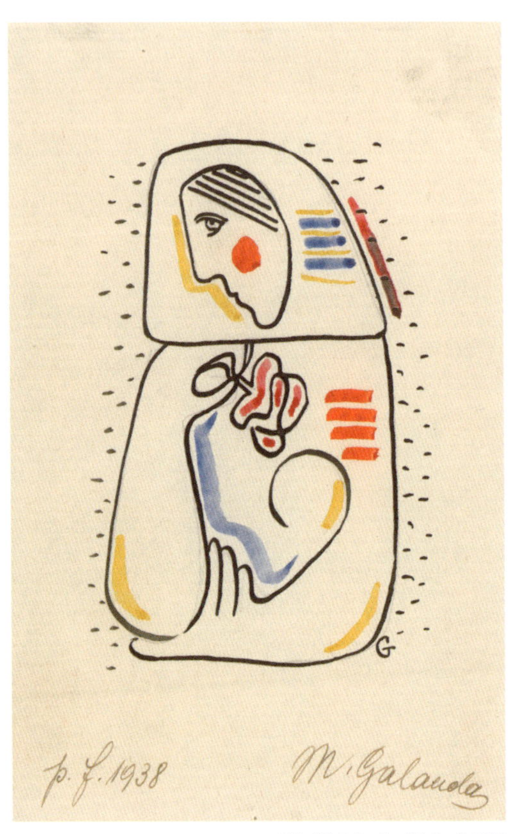

Mikuláš Galanda, 〈Mother〉, 1937

사랑하는 마음이야말로 가장 참된 지혜다.

– 《데이비드 카퍼필드》중

A loving heart was better and stronger than wisdom.

사랑이 해답인 문제가 있나요?

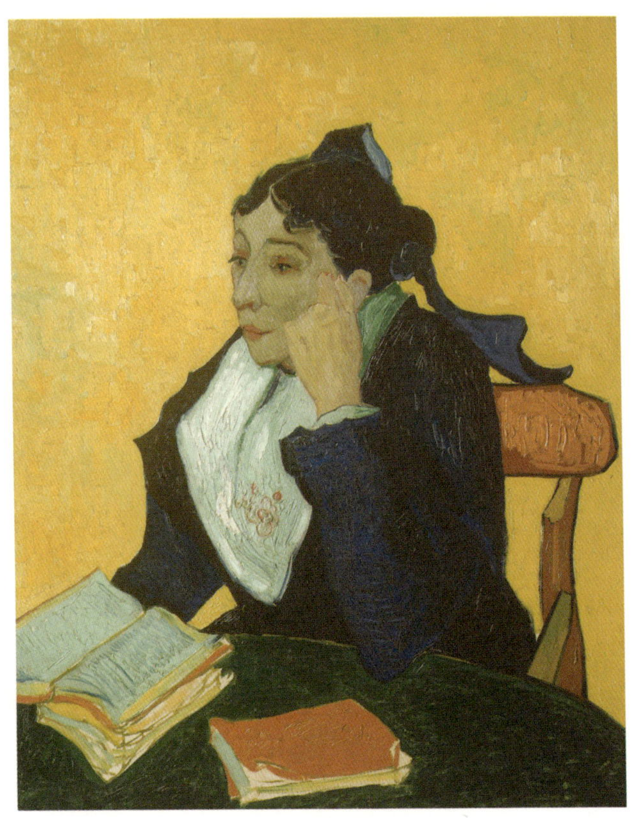

Vincent van Gogh, 〈L'Arlésienne〉, 1888-1889

평온한 정신은 지혜의 아름다운 보석 중 하나다.

- 《나를 바꾸면 모든 것이 변한다》 중

Calmness of mind is one of the beautiful jewels of wisdom.

요즘 당신 마음은 평온한가요?

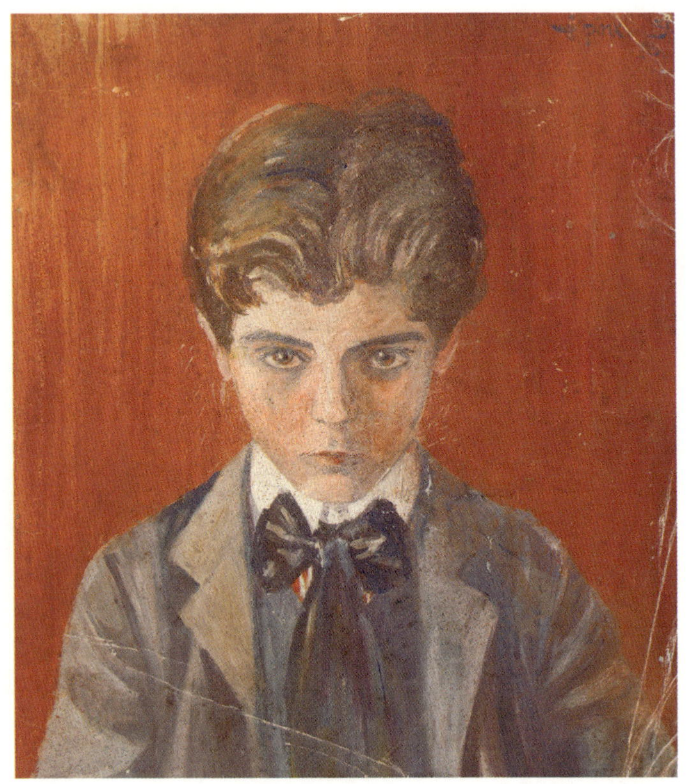

Egon Schiele, 〈Self-Portrait with Red Background〉, 1906

어제로 돌아갈 수 없어.
어제의 나는 오늘의 나와 전혀 다른 사람이니까.

– 《이상한 나라의 앨리스》 중

I can't go back to yesterday because
I was a different person then.

현재의 나는 과거의 나보다 더 나은 사람인가요?

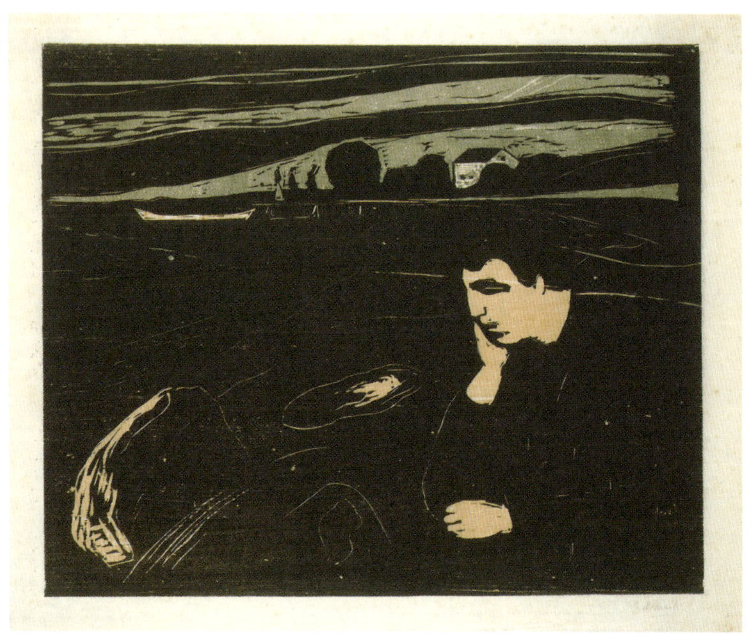

Edvard Munch, 〈Melancholy III〉, 1915-1917

수없이 금이 가고 깨졌던 날들이
끝내 나를 더 단단한 사람으로 만들었기를.

－《위대한 유산》중

I have been bent and broken,
but—I hope—into a better shape.

홀로 허허벌판에 떨어졌다고 느낀 적이 있나요?

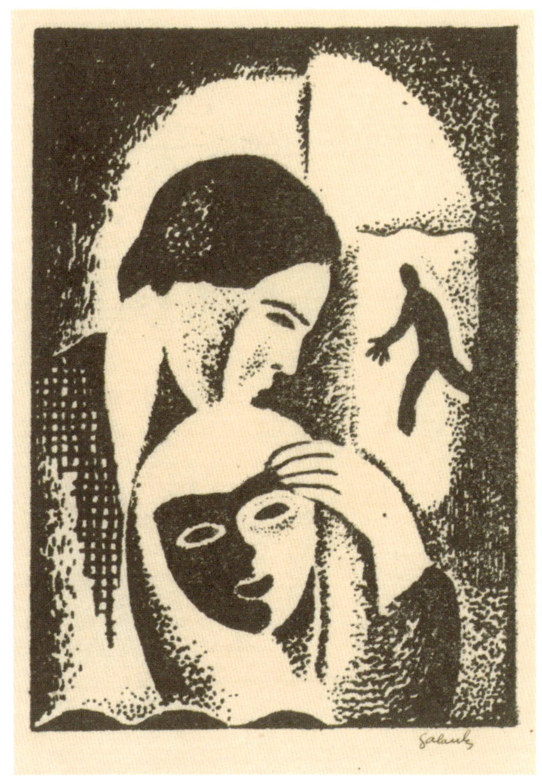

Mikuláš Galanda, 〈lovers〉, 1924

당신을 도우려는 손길에 마음을 닫지 마세요.

기꺼이 끌어안으세요.

－《올리버 트위스트》중

Do not close your heart against
all my efforts to help you.

도움이 필요한 사람이 주변에 있나요?

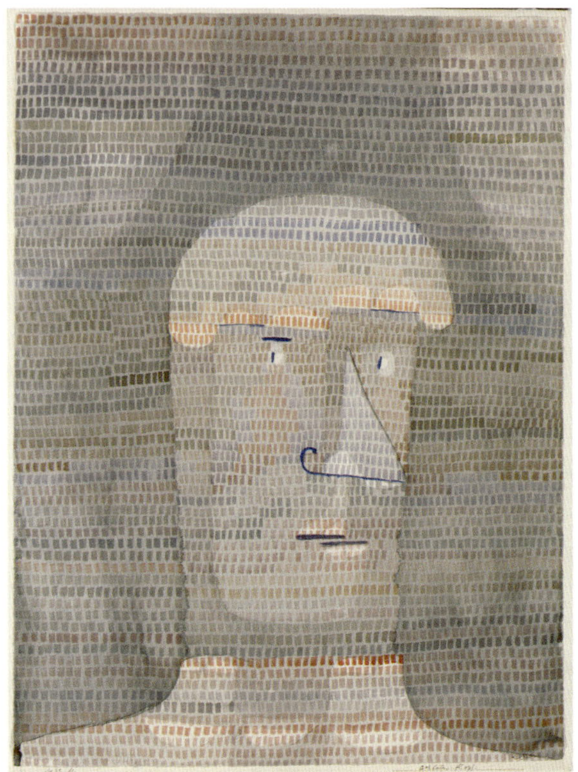

Paul Klee, 〈Athlete's Head〉, 1932

삶의 목적은 자기 계발이다. 자신의 본성을 완전히 실현하는 것,
그것이 우리가 모두 존재하는 이유다.

－《도리언 그레이의 초상》중

The aim of life is self-development. To realize one's nature perfectly—
that is what each of us is here for.

내 삶의 목적은 무엇일까요?

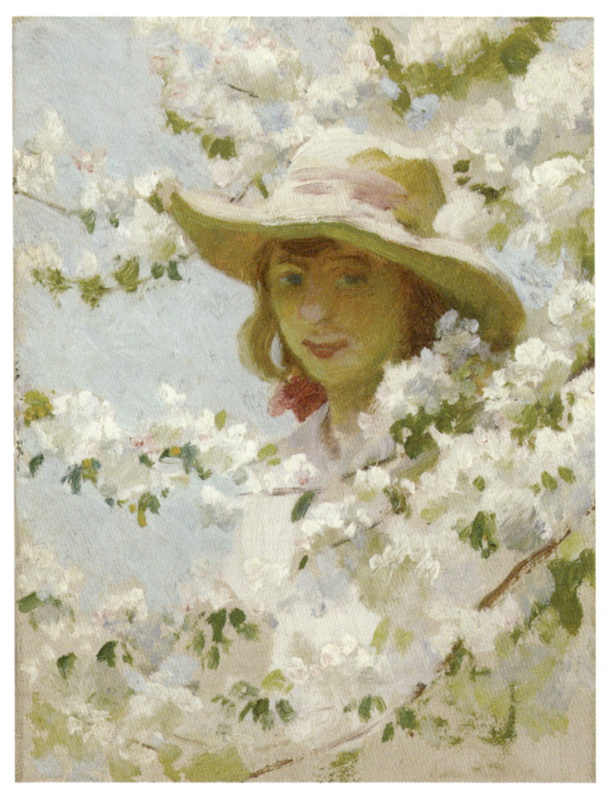

Charles Courtney Curran, 〈Untitled〉

꽃이 그러하듯,
너도 해를 향해 얼굴을 돌려라.

- 칼릴 지브란

Be like the flower,
turn your faces to the sun.

생각만 해도 미소가 떠오르는 사람이 있나요?

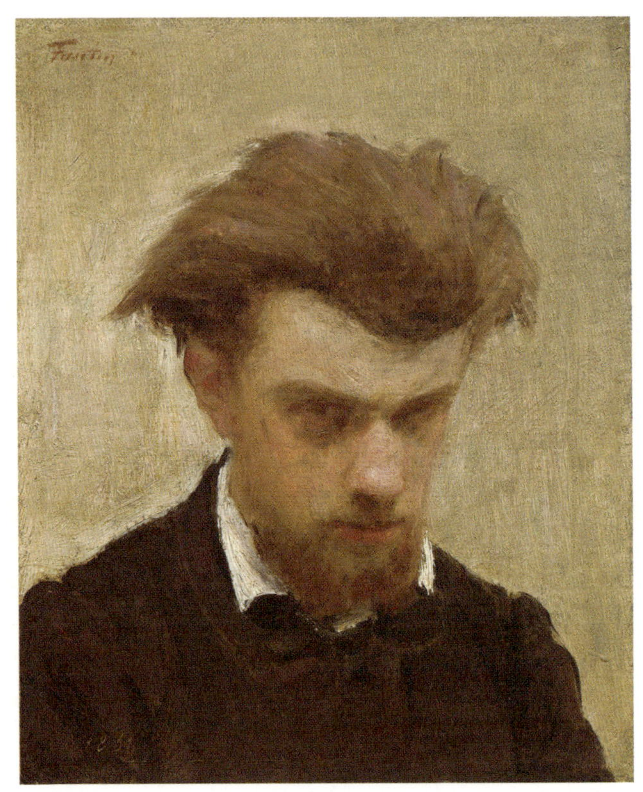

Henri Fantin-Latour, 〈Self-Portrait〉, 1861

용기란 두려움의 부재가 아니라,
두려움에 저항하고 두려움을 다스리는 힘이다.

- 《바보 윌슨의 비극》 중

Courage is resistance to fear,
mastery of fear—not absence of fear.

당신이 두려운 대상은 무엇인가요?

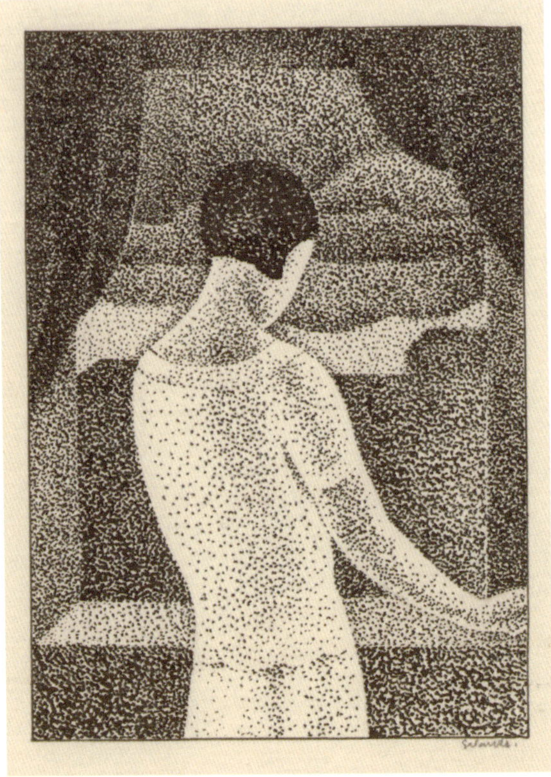

Mikuláš Galanda, 〈Woman by the Window〉, 1928

우리의 재능은 자랑할 일이 아니다.
중요한 것은 그것을 어떻게 사용하느냐다.

– 《시간의 주름》 중

We can't take credit for our talents.
It's how we use them that counts.

나의 재능을 무슨 일을 위해 사용하고 있나요?

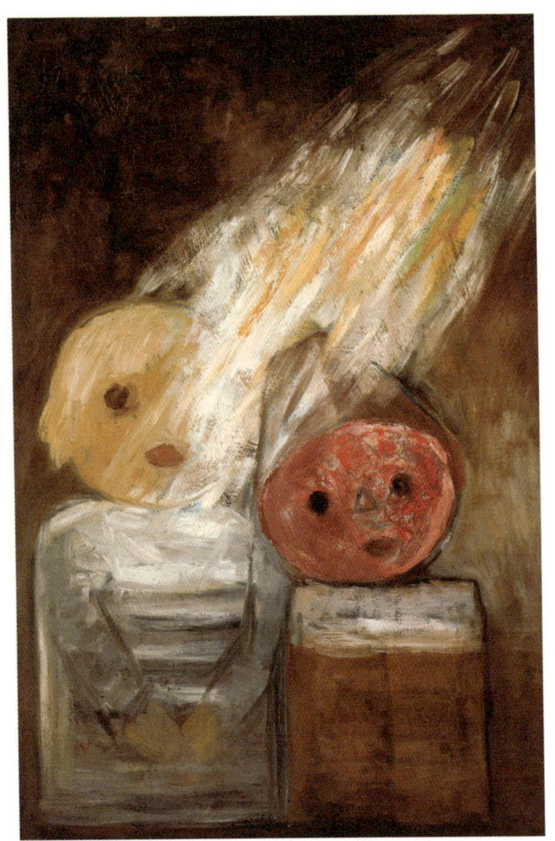

Tadeusz Makowski, 〈Self-Portrait with a palette〉, 1930

저 작은 촛불이 얼마나 멀리 빛을 발하는가.
지친 세상 속의 선한 행동도 이처럼 밝게 빛난다!

– 《베니스의 상인》 중

How far that little candle throws his beams!
So shines a good deed in a weary world.

최근에 행한 선한 행동은 무엇인가요?

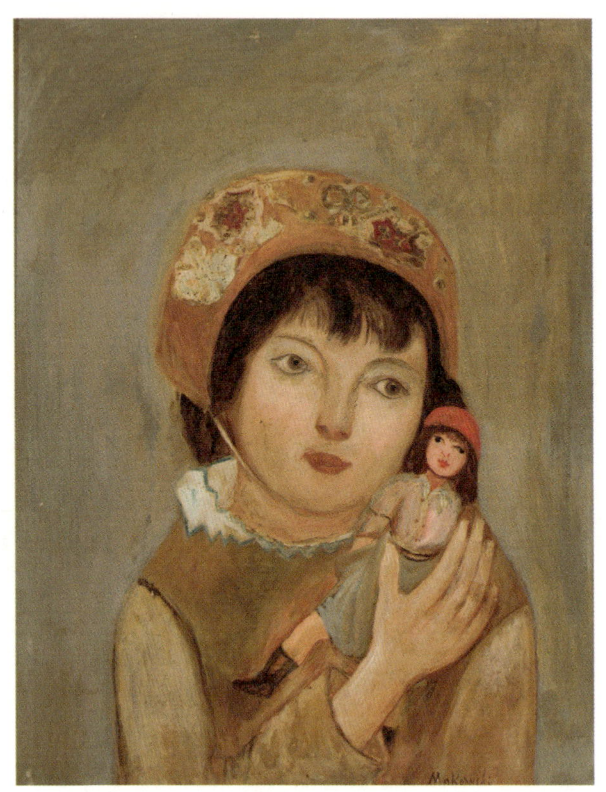

Tadeusz Makowski, 〈Little girl with a Doll〉, 1922

다정함과 견줄 만한 매력은 없다.

－《이성과 감성》중

There is no charm equal to tenderness of heart.

내 마음의 온도는 몇 도인가요?

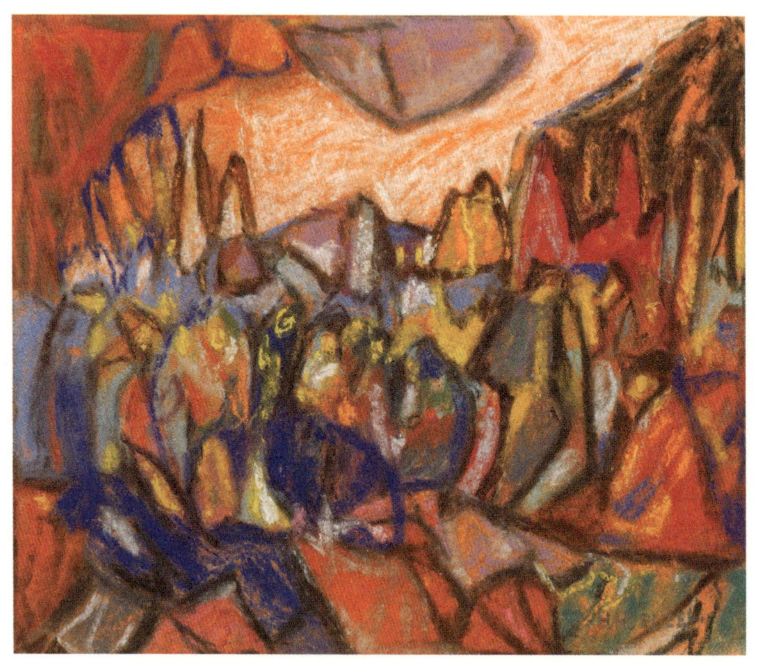

Adolf Hölzel, 〈Komposition〉, 1930

삶을 회피해서는 마음의 평화를 얻을 수 없다.

- 《디 아워스》 중

You cannot find peace by avoiding life.

외면하고 있는 문제가 있나요?

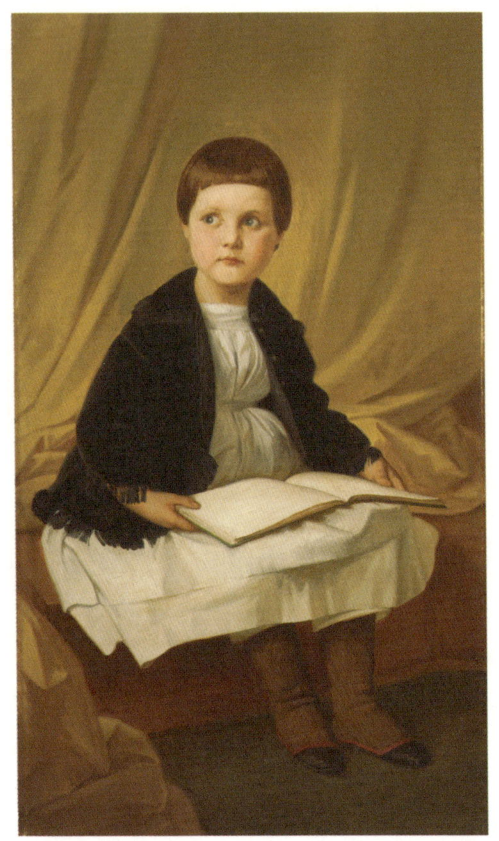

Eduard von Steinle, 〈Portrait of Agnes von Steinle the Artist's Daughter〉

삶이란 자신을 찾는 과정이 아니라,
자신을 새롭게 빚어가는 여정이다.

– 《메투셀라로 돌아가며》 중

Life isn't about finding yourself.
Life is about creating yourself.

어떤 사람이 되고 싶나요?

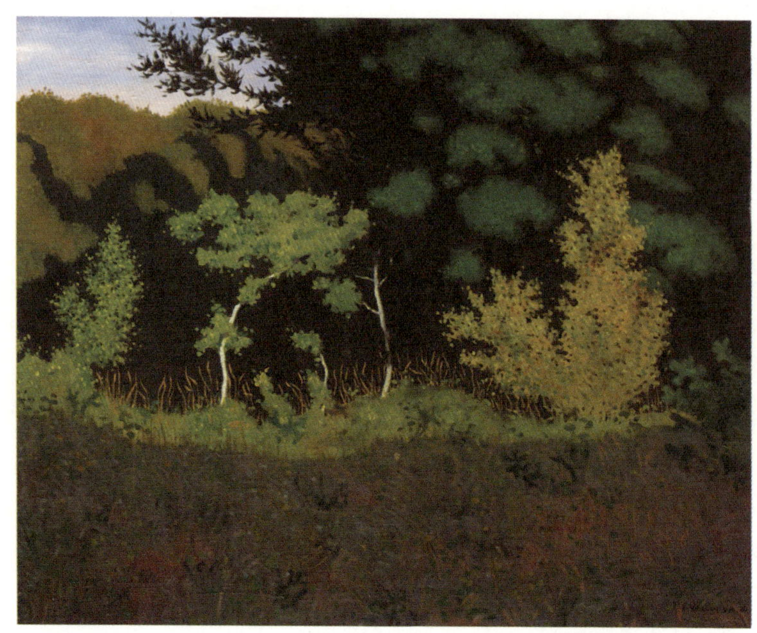

Félix Vallotton, 〈Edge Of The Wood〉, 1920

맑은 날, 그늘에 앉아 눈앞에 펼쳐진 신록을 바라보는 것만큼
완벽한 휴식은 없다.

- 《맨스필드 파크》 중

To sit in the shade on a fine day,
and look upon verdure, is the most perfect refreshment.

당신이 생각하는 완벽한 쉼이란 무엇인가요?

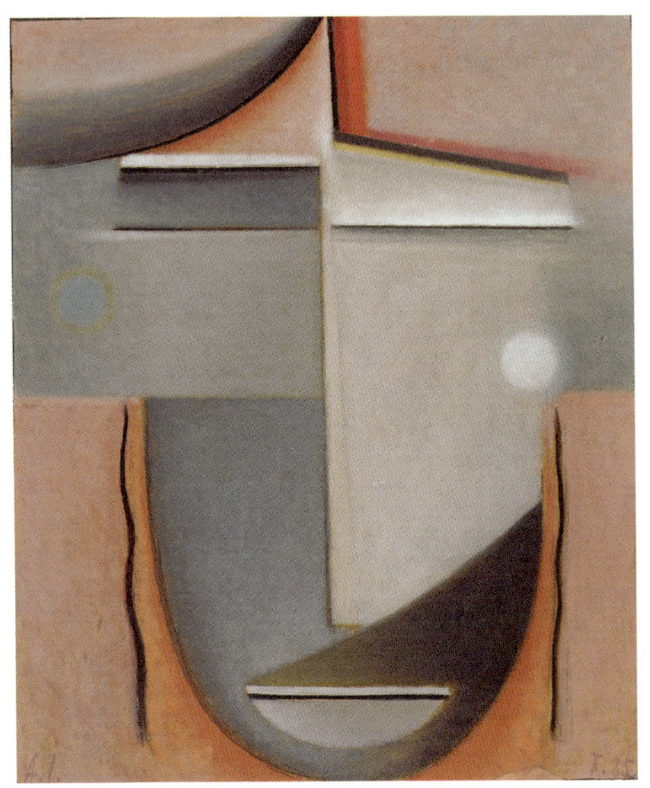

Alexej von Jawlensky, 〈Liebe〉, 1925

밤이 어두울수록 별은 더 밝게 빛나고,
슬픔이 깊을수록 신은 더 가까이에 있다.

– 아폴론 마이코프

The darker the night, the brighter the stars,
the deeper the grief, the closer is God!

살면서 가장 힘들었던 때는 언제인가요?

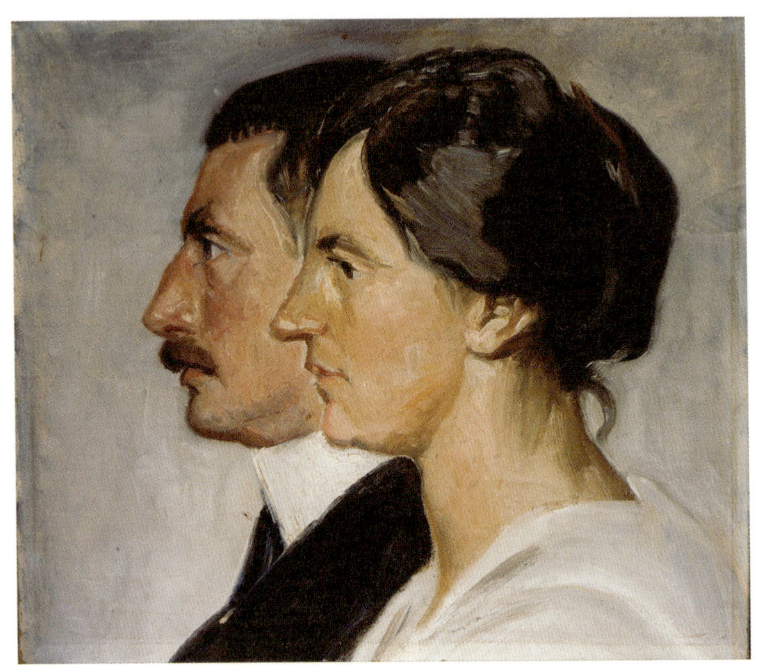

Michael Ancher, 〈King Christian X and Queen Alexandrine of Denmark〉, 1915

자신에게 진실하라. 그러면 밤이 낮을 따르듯
자연스레 그 누구에게도 거짓될 수 없으리라.

– 《햄릿》 중

*To thine own self be true, and it must follow, as the night the day,
thou canst not then be false to any man.*

당신은 스스로에게 진실한 사람인가요?

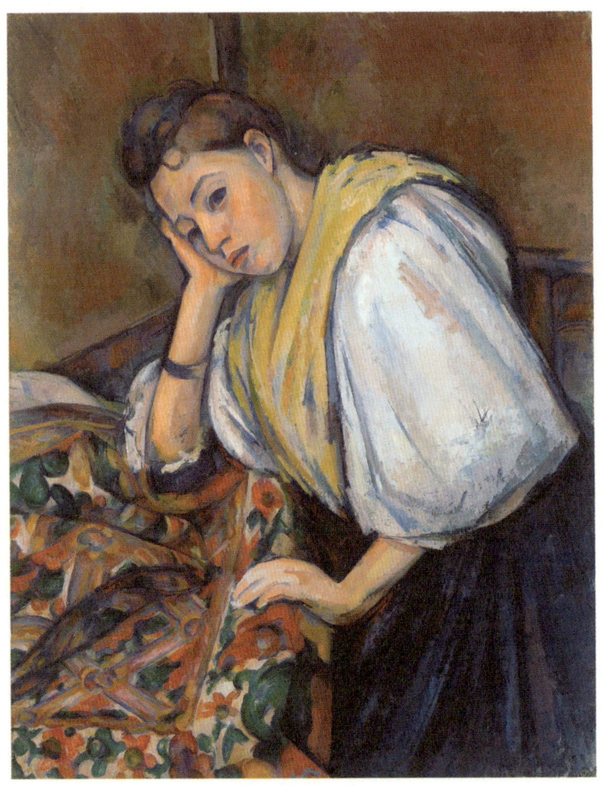

Paul Cézanne, 〈Young Italian Woman at a Table〉, 1895-1900

인간은 노력하는 한 방황하지 않을 수 없다.

– 《파우스트》 중

Man errs as long as he strives.

최근에 했던 실수는 무엇인가요?

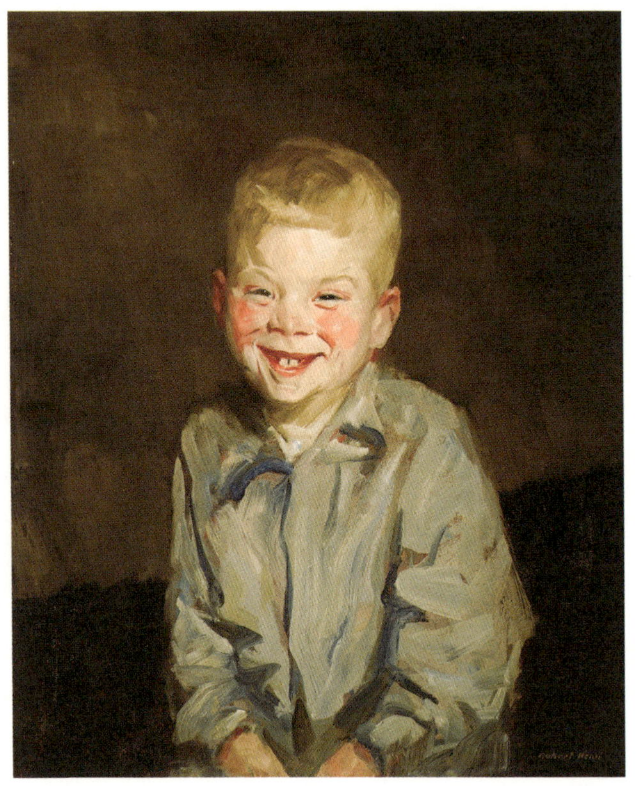

Robert Henri, 〈Laughing Boy〉, 1910

앞으로 어떤 일이 다가올지 알 수 없지만,
무엇이든 올 테면 와보시지. 웃으며 맞이해 줄 테니.

- 《모비딕》 중

I know not all that may be coming,
but be it what it will, I'll go to it laughing.

두려움이 엄습할 땐 어떻게 대처하나요?

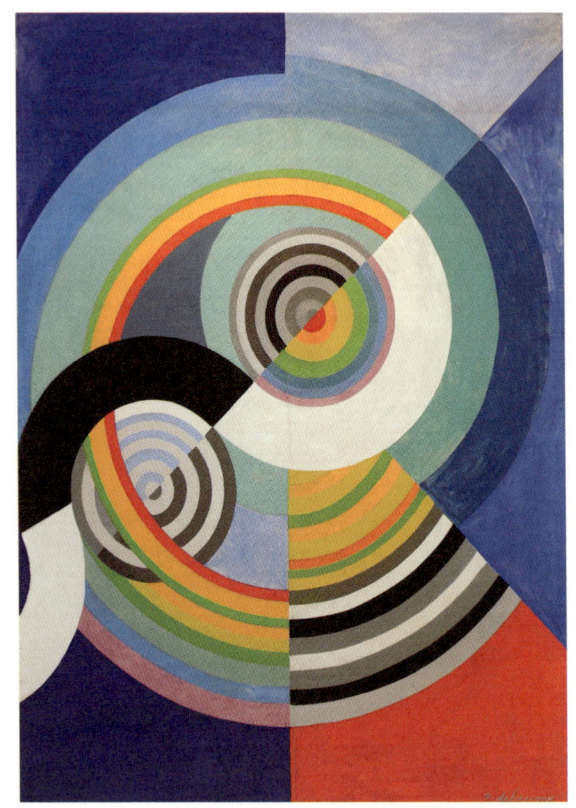

Robert Delaunay, 〈Rythme n°3〉, 938

내가 얼마나 멀리 갈 수 있는지 아는 유일한 방법은
자신의 한계를 넘어보는 것이다.

- T.S. 엘리엇

*Only those who will risk going too far
can possibly find out how far one can go.*

자신의 한계를 넘어본 적이 있나요?

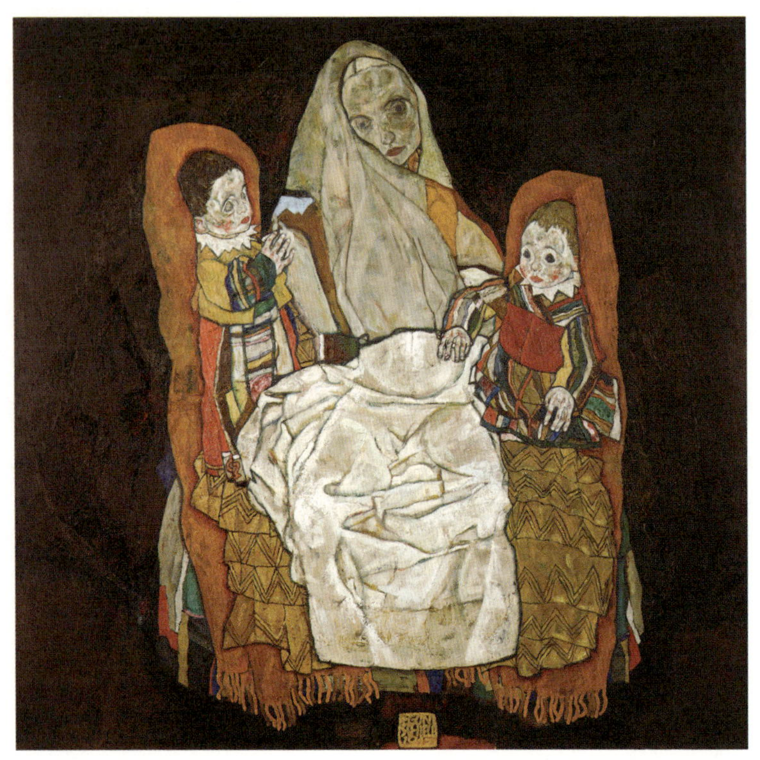

Egon Schiele, 〈Mutter mit zwei Kindern III〉, 1915-1917

가족은 당신이 선택하는 것이 아니다.
가족은 신이 당신에게 주신 선물이며,
당신 또한 신이 그들에게 주신 선물이다.

- 데스몬드 투투

You don't choose your family.
They are God's gift to you, as you are to them.

가족을 떠올리면 생각나는 단어 세 개를 적어보세요.

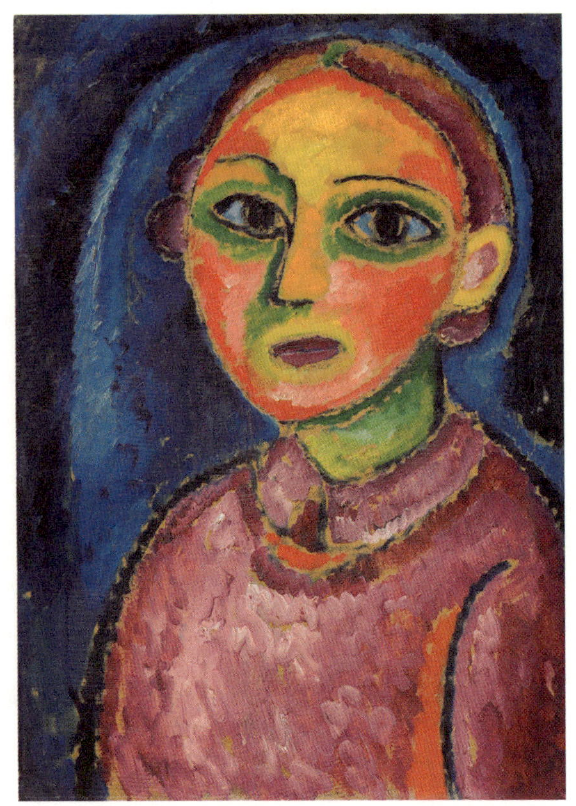

Alexej von Jawlensky, 〈Brustbild einer Frau in rötlichem Gewand〉, 1912

부유함이란 삶을 충만하게 경험하는 능력이다.

– 《월든》 중

Wealth is the ability to fully experience life.

부유한 삶이란 어떤 삶일까요?

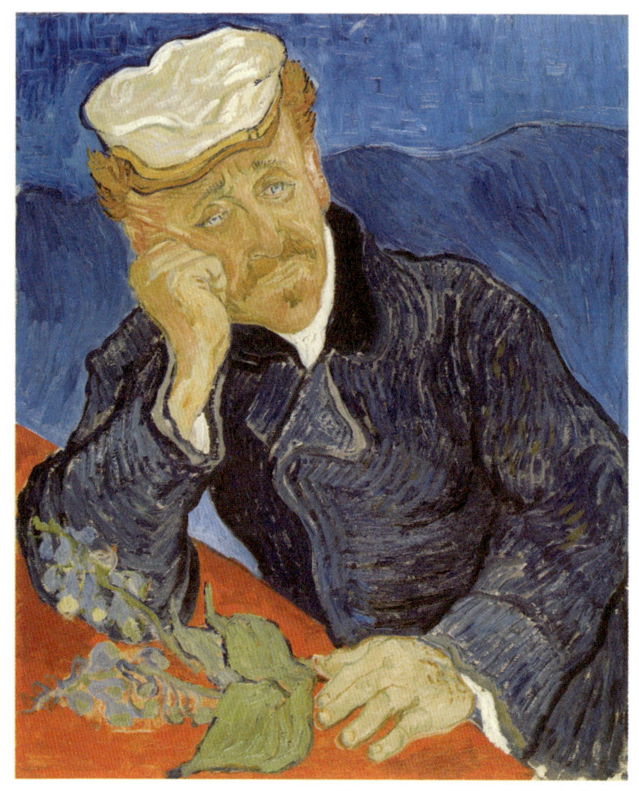

Vincent van Gogh, 〈Dr Paul Gachet〉, 1890

많은 사람들이 좋아하지도 않는 이들의 시선을 의식해,
아직 벌지 않은 돈으로 필요하지 않은 것을 산다.

- 윌 로저스

*Too many people spend money they haven't earned to buy things
they don't want to impress people they don't like.*

당신은 돈을 어떻게 사용하고 있나요?

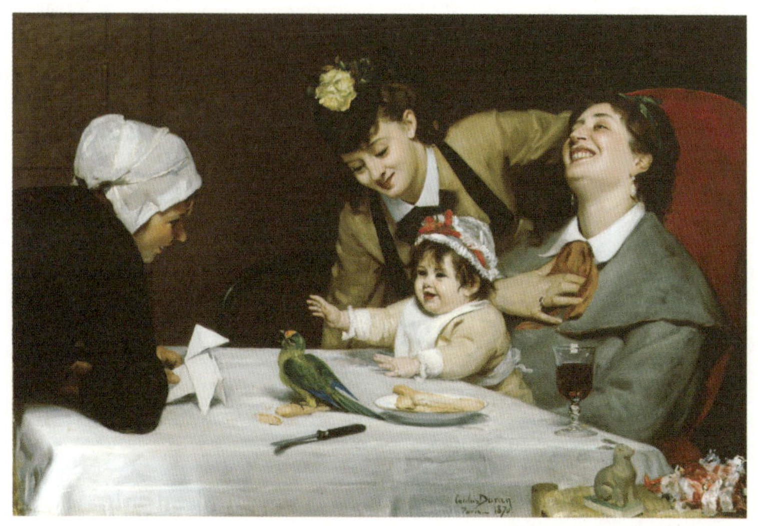

Carolus-Duran, 〈Merrymakers〉, 1870

자신을 기쁘게 하는 가장 좋은 방법은
다른 사람을 기쁘게 해주기 위해 노력하는 것이다.

- 마크 트웨인

*The best way to cheer yourself is to try
to cheer someone else up.*

누군가를 기쁘게 해주기 위해 노력한 적이 있나요?

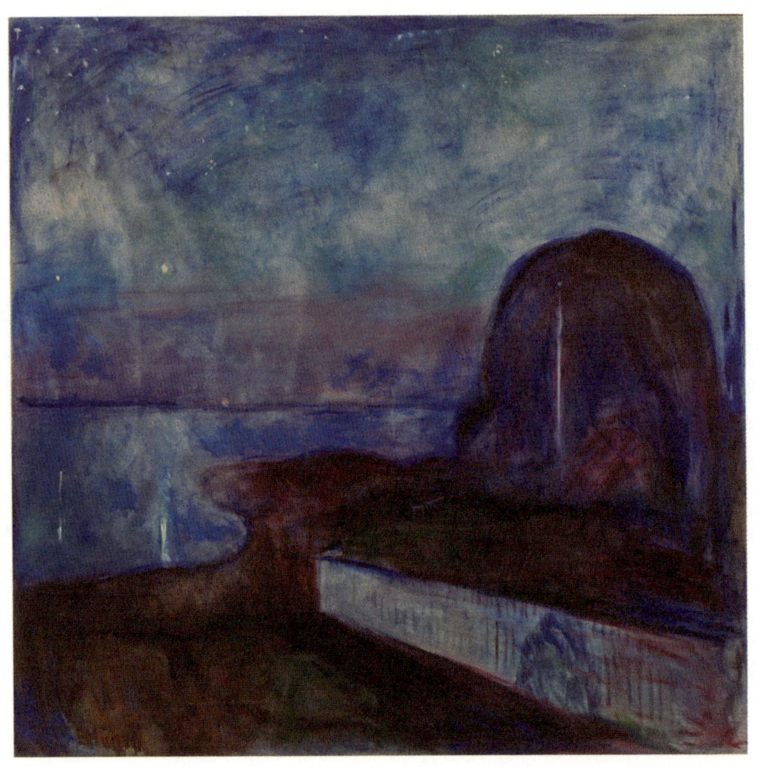

Edvard Munch, 〈Starry Night〉, 1893

우리는 모두 시궁창에 있지만,
어떤 이들은 그 속에서도 별을 올려다본다.

– 《윈더미어 부인의 부채》 중

We are all in the gutter,
but some of us are looking at the stars.

사방이 막힌 상황에서도 희망을 버리지 않았던 적이 있나요?

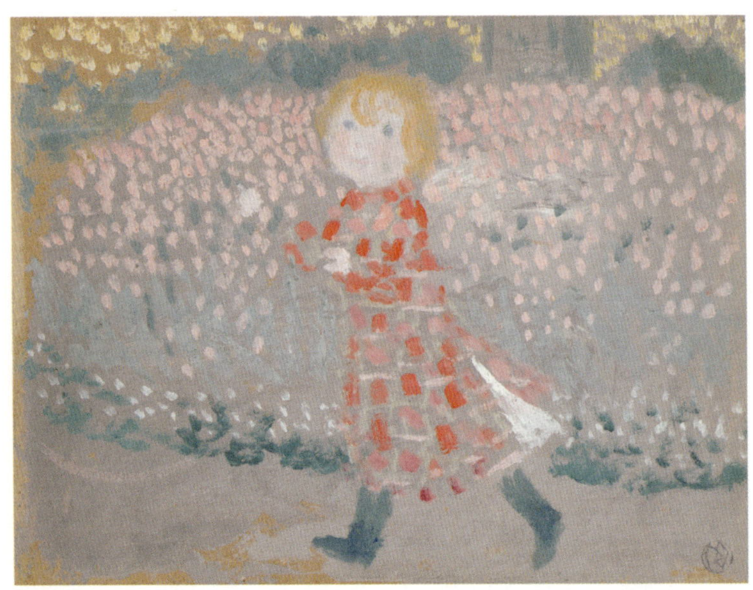

Maurice Denis, 〈Enfant au tablier rouge〉, 1899

나는 라파엘로처럼 그림을 그리는 데 4년이 걸렸지만,
아이처럼 그리기까지는 평생이 걸렸다.

- 파블로 피카소

It took me four years to paint like Raphael,
but a lifetime to paint like a child.

나만의 독창성이 돋보이는 재능이 있나요?

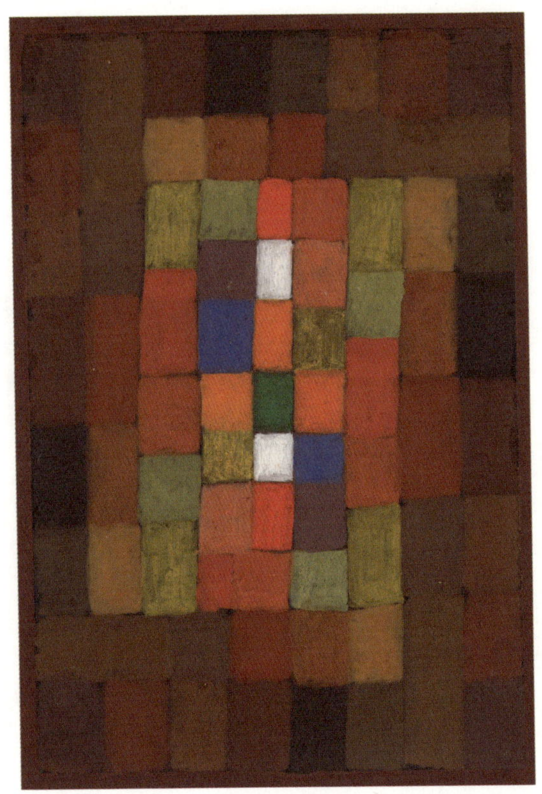

Paul Klee, 〈Static-Dynamic Gradation〉, 1923

인생에서 중요한 것은 길이가 아닌 깊이다.

– 《에머슨의 에세이 1》 중

It is not length of life, but depth of life.

당신의 삶에서 중요한 가치는 무엇인가요?

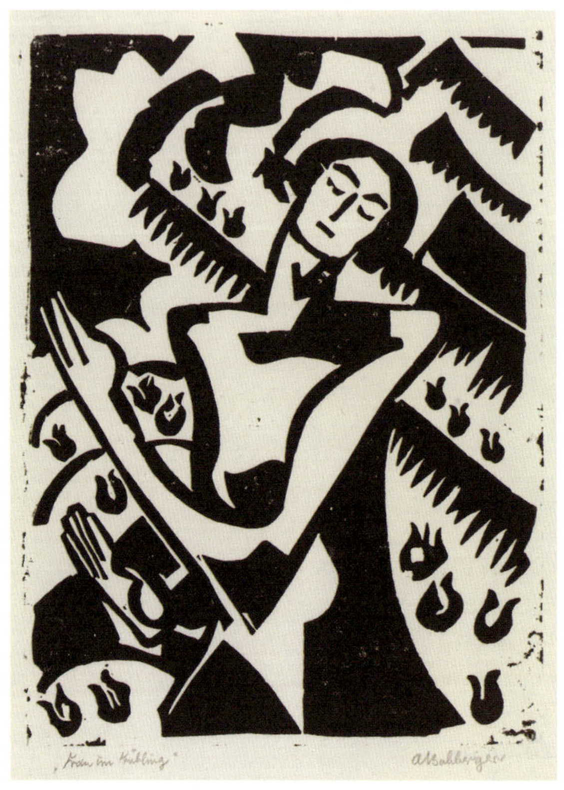

August Babberger, 〈Frau im Frühling〉

희망이 없는 깊은 곳에 빠졌을 땐 사방에 어둠이 가득했다.
하지만 그 후 사랑이 다가와, 내 영혼을 자유롭게 했다.

– 《낙관론》 중

*Once I knew the depth where no hope was, and darkness lay on
the face of all things. Then love came and set my soul free.*

당신에게 선한 영향력을 끼친 선생님은 누구인가요?

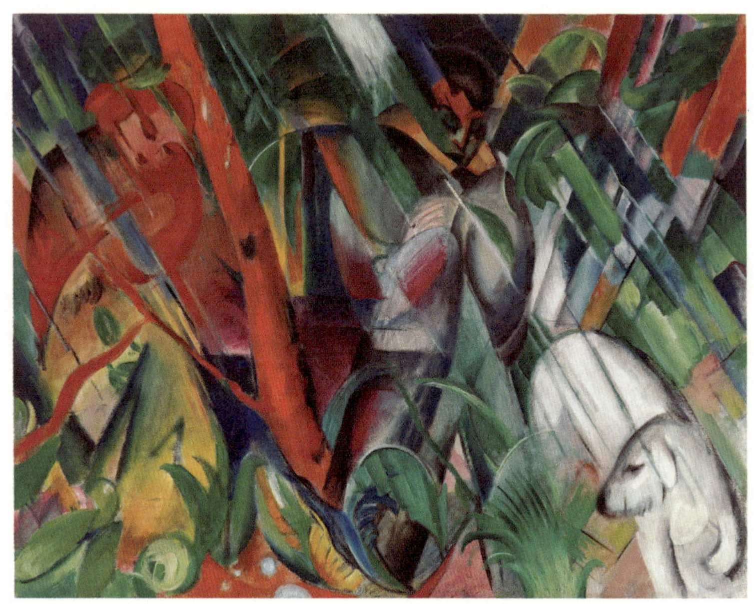

Franz Marc, 〈In the Rain〉, 1912

사람의 영혼은 그가 품는 생각의 색으로 물든다.

- 《명상록》 중

The soul becomes dyed with the color of its thoughts.

나의 영혼은 무슨 색인가요?

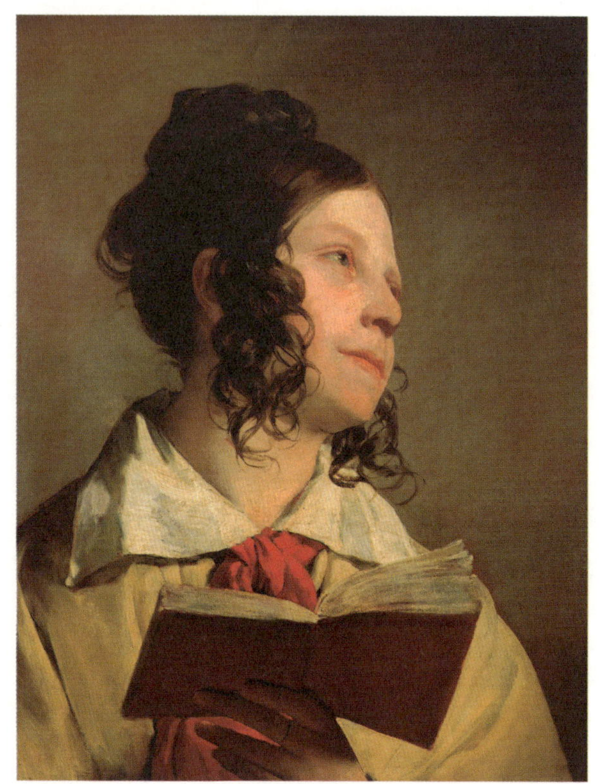

Friedrich von Amerling, 〈Josefine von Kaltenthaler〉, 1840

영리했던 어제의 나는 세상을 변화시키려 했고,
지혜로운 오늘의 나는 나 자신을 변화시키고자 한다.

– 《The Essential Rumi》 중

Yesterday I was clever, so I wanted to change the world.
Today I am wise, so I want to change myself.

나는 무엇을 변화시키려 하나요?

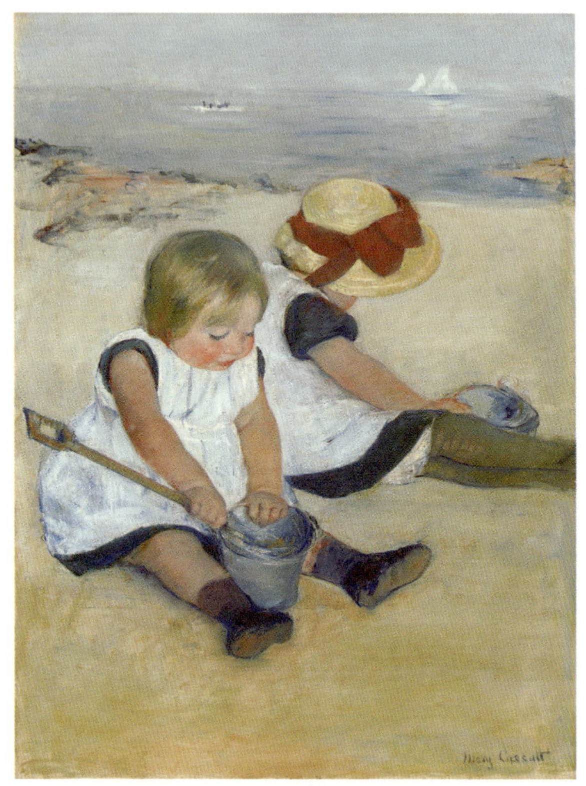

Mary Cassatt, 〈Children Playing on the Beach〉, 884

친구가 곁에 있는 한 나는 성공한 삶을 살았다.

- 《멋진 인생》 중

"*No man is a failure who has friends.*"

인생에서 가장 고마운 친구는 누구인가요?

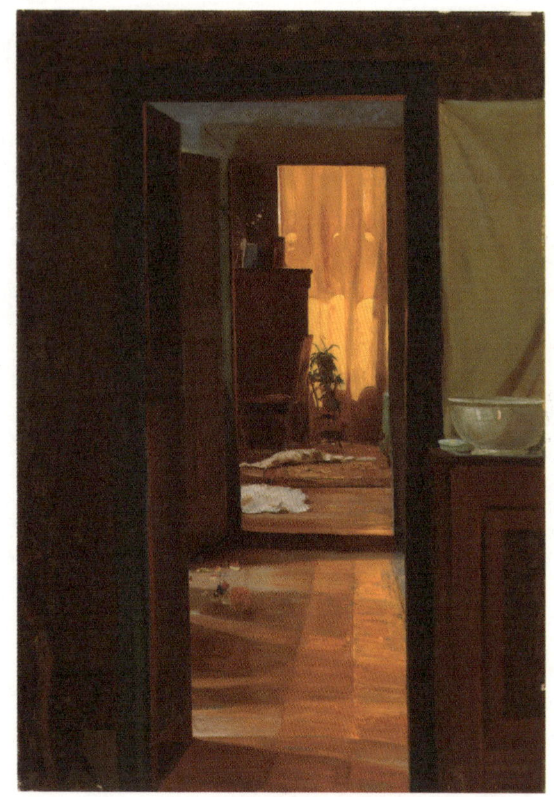

Gustav Kampmann, 〈Sonne im Haus〉, 1904-1905

결국 기억에 남는 것은 지난날들이 아니라,
마음이 움직였던 찰나의 순간들이다.

– 체사레 파베세

We do not remember days;
we remember moments.

사진처럼 선명하고 소중한 추억은 무엇인가요?

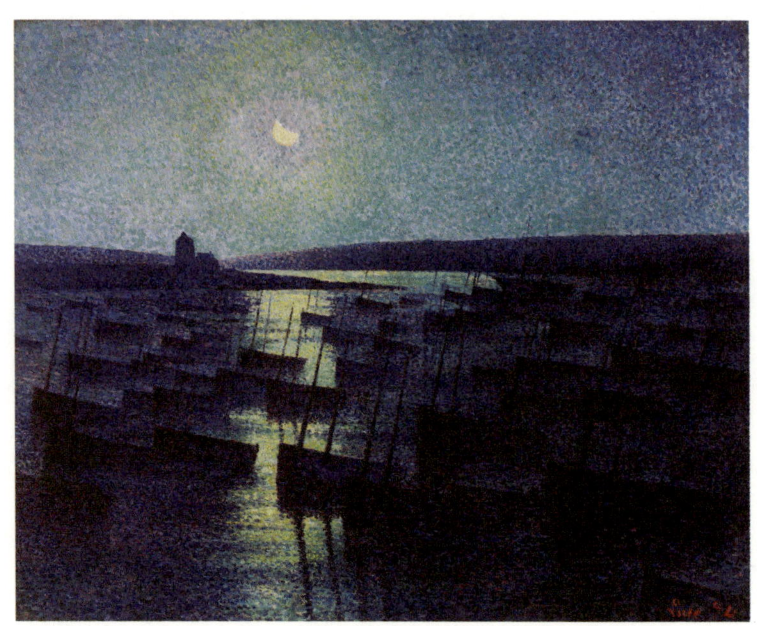

Maximilien Luce, 〈Camaret, Moonlight and Fishing Boats〉, 1894

나는 사람들이 덜 선택한 길을 선택했고,
그 결정은 내 인생을 완전히 바꾸어 놓았다.

- 《가지 않은 길》 중

I took the one less traveled by,
and that has made all the difference.

지금 어떤 길을 가고 있는 중인가요?

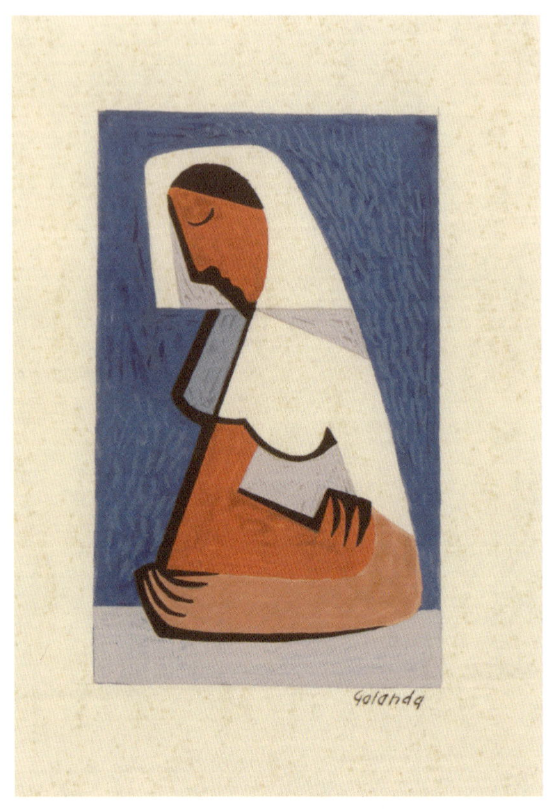

Mikuláš Galanda, 〈A Girl at a Table〉, 1936

삶의 미학은 현재를 사는 것이다.

– 에밋 폭스

The art of life is to live in the present moment.

어떤 태도로 현재를 살아가고 있나요?

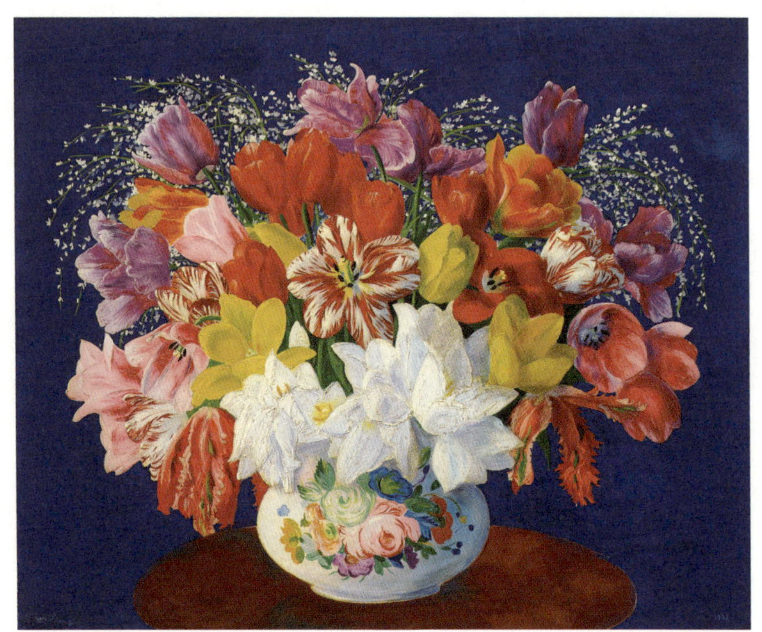

Moïse Kisling, 〈Grand bouquet de tulipes〉, 1952

인생을 위하여!

- 《시네마 천국》 중

To life!

지금까지 잘 살아온 나를 칭찬해 볼까요?

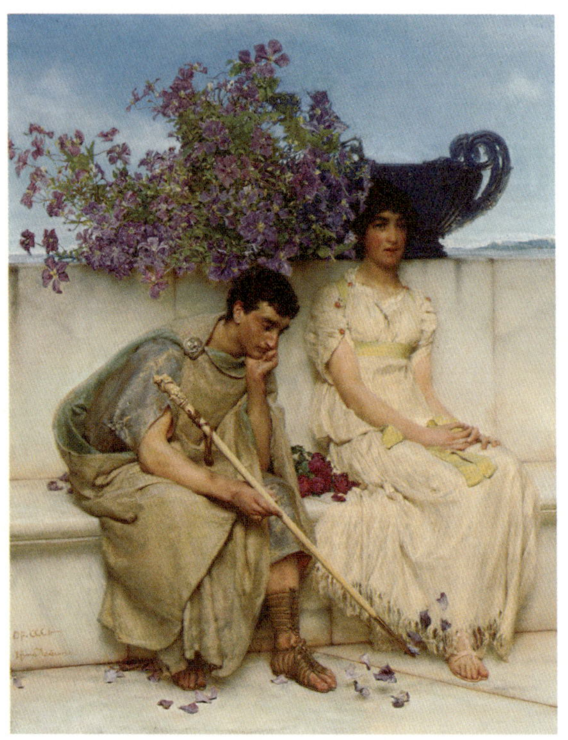

Lawrence Alma-Tadema, 〈An Eloquent Silence〉

나는 당신을 사랑합니다. 어떻게, 언제, 어디서부터 시작했는지도 모른 채.
복잡함도, 자존심도 없이 그저 있는 그대로 당신을 사랑합니다.
다른 방식으로는 사랑할 줄 모르기 때문입니다.

- 《100편의 사랑 소네트》 중

I love you without knowing how, or when, or from where.
I love you straightforwardly without complexities or pride;
so I love you because I know no other way.

당신의 첫사랑은 어떤 사람이었나요?

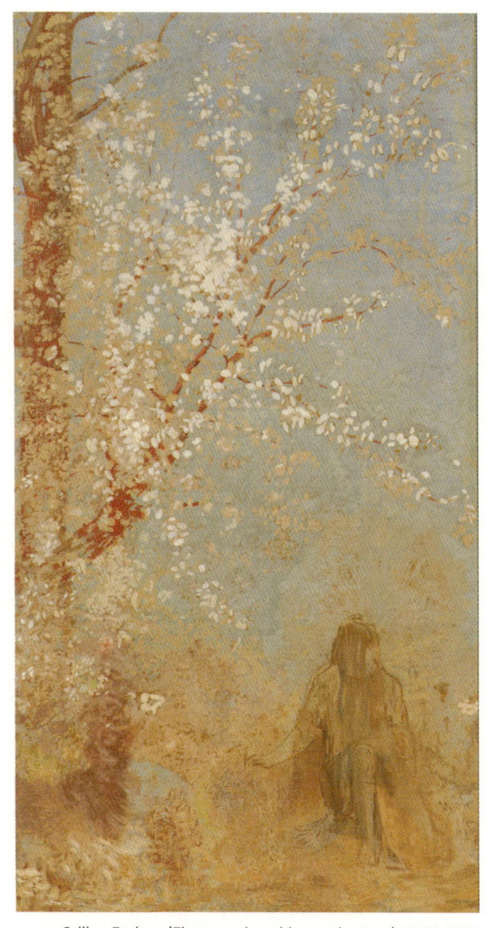

Odilon Redon, 〈Figure under a blossoming tree〉, 1904-1905

꽃을 꺾을 수는 있어도, 봄이 오는 것을 막을 수 없다.

- 《질문의 책》중

You can cut all the flowers but you cannot keep spring from coming.

수많은 난관에 부딪혔지만 극복해 낸 일이 있나요?

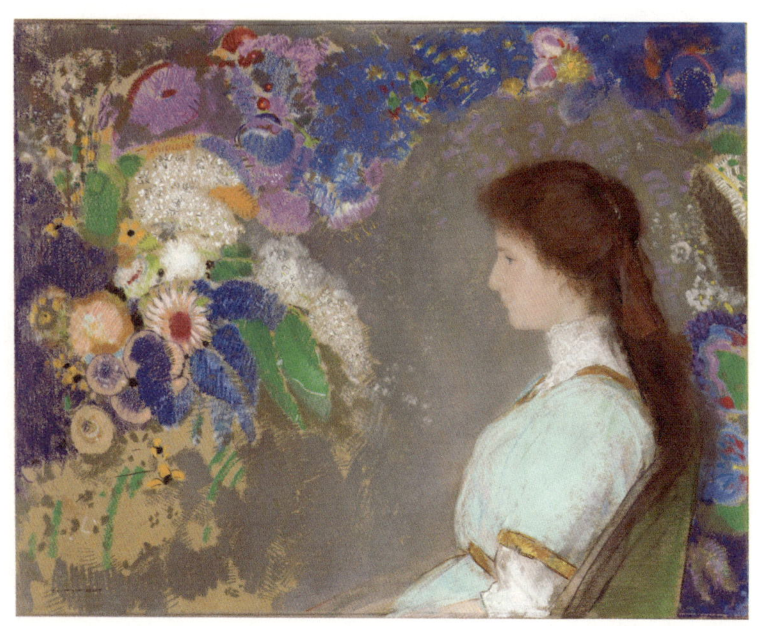

Odilon Redon, 〈Violette Heymann〉, 1910

보고자 한다면,
세상은 언제나 꽃으로 가득하다.

- 앙리 마티스

There are always flowers
for those who want to see them.

당신에게 꽃을 선물한 사람을 떠올려 보세요.

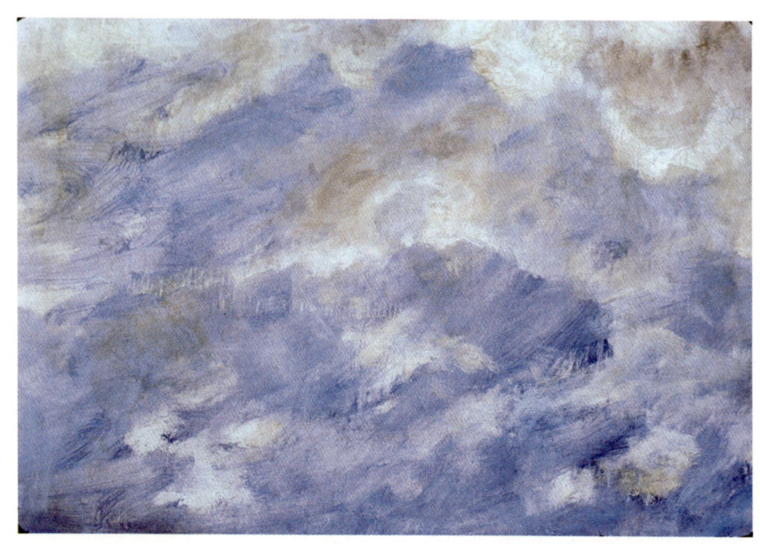

Albert Bierstadt, 〈Cloud Study With Blue Sky〉

구름 없는 하늘은 꽃 없는 초원과 같다.

- 《월든》 중

A sky without clouds is a meadow without flowers.

오늘 하늘엔 어떤 구름이 떠 있나요?

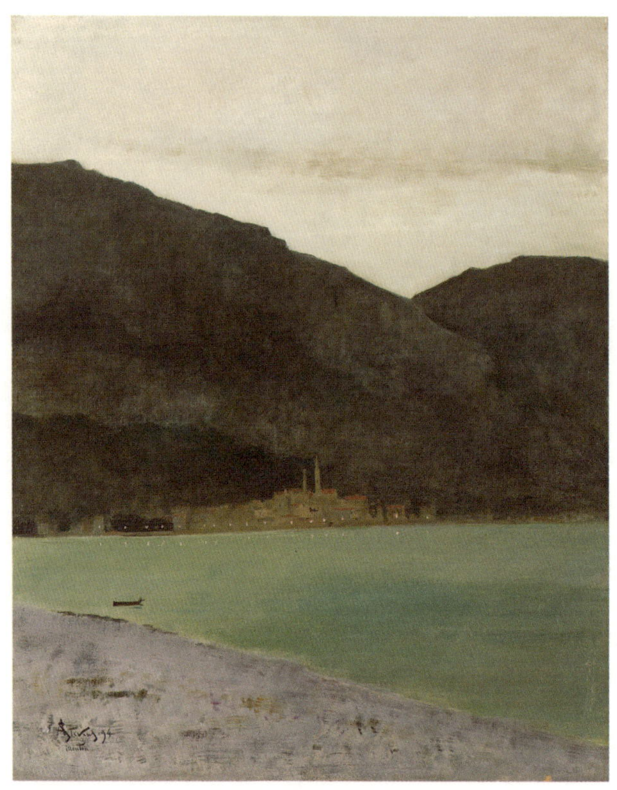

Alfred Stevens, 〈Menton, presque la nuit, 2è impression〉, 1894

정상에 오르기 전까지는 산의 높이를 재려 하지 마라.
올라가 보면, 그리 높지 않았음을 알게 될 것이다.

- 다그 함마르셸드

Never measure the height of a mountain until you have reached the top.
Then you will see how low it was.

지금, 어떤 산에 오르고 있나요?

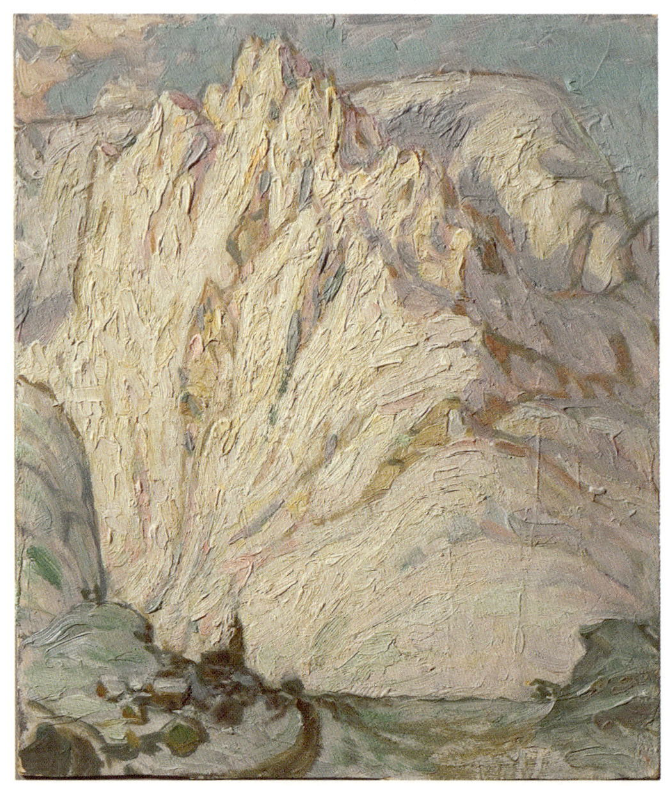

Anna Boberg, ⟨Snowy Mountains⟩, 1930

누군가 나를 위협하려 할 때마다, 내 안의 용기는 더 솟구쳐요.

– 《오만과 편견》 중

My courage always rises at every attempt to intimidate me.

나를 존중하고 있나요?

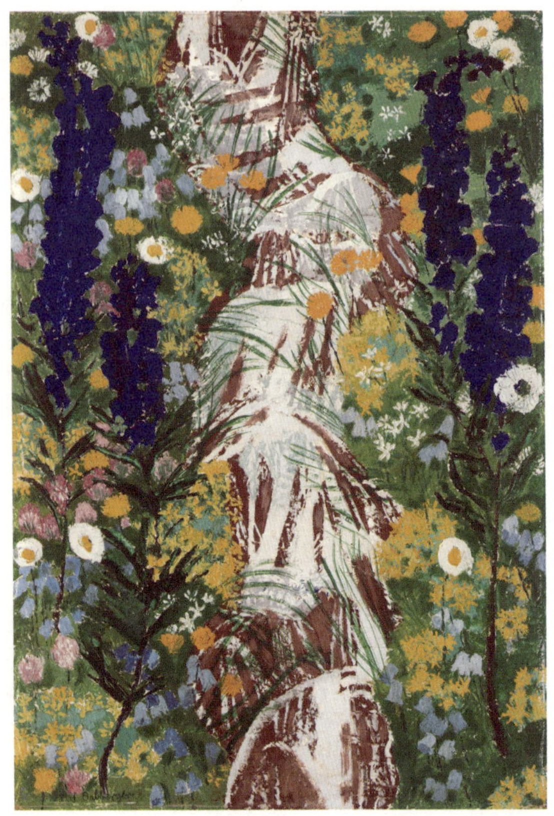

August Babberger, 〈Flowers by the stream〉, 1922

세상을 제대로 바라보면, 온 세상이 꽃피는 화원임을 알게 된다.

- 《비밀의 화원》 중

If you look the right way,
you can see that the whole world is a garden.

내 안에 가꾸고 있는 소중한 정원은 무엇인가요?

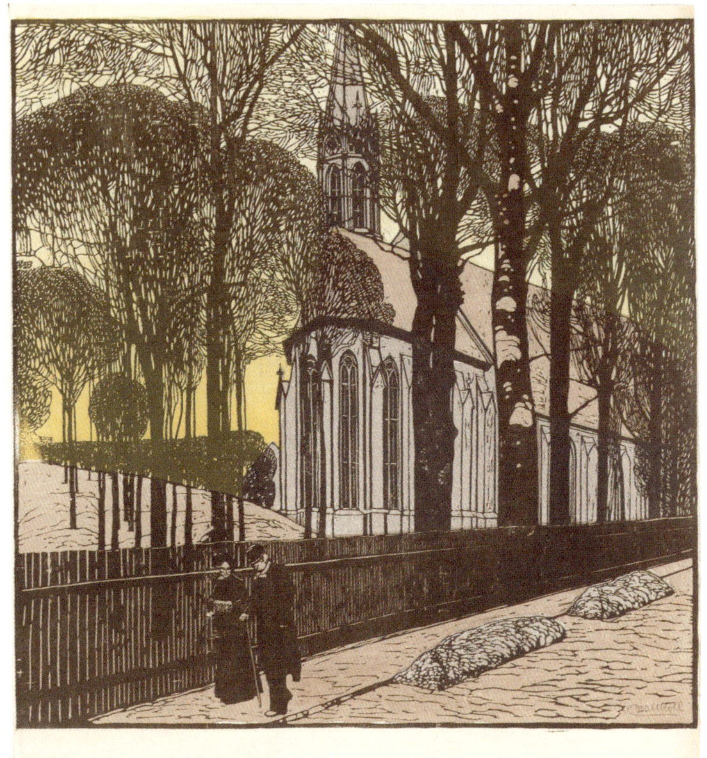

Carl Moll, 〈Kirche St Michael in Heiligenstadt〉

도시는 이야기 모음집이다.
수많은 거리와 건물 사이엔 이야기와 속삭임, 꿈이 가득하다.

-《천국에서 만난 다섯 사람》중

*A city is a collection of stories. It's full of tales, whispers,
and dreams that echo through the streets and buildings.*

내가 살았던 곳과 관련된 즐거운 추억이 있나요?

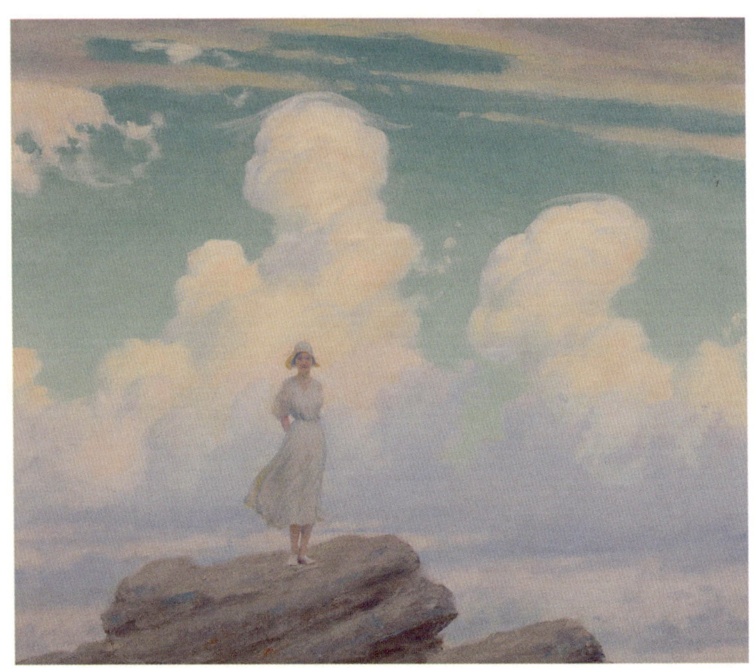

Charles Courtney Curran, 〈The Veiled Cloud〉, 1926

나는 거센 풍랑이 두렵지 않다.
항해하는 법을 배우고 있으니까.

– 《작은 아씨들》 중

I am not afraid of storms,
for I am learning how to sail my ship.

요즘 새롭게 도전하고 있는 일에 대해 써볼까요?

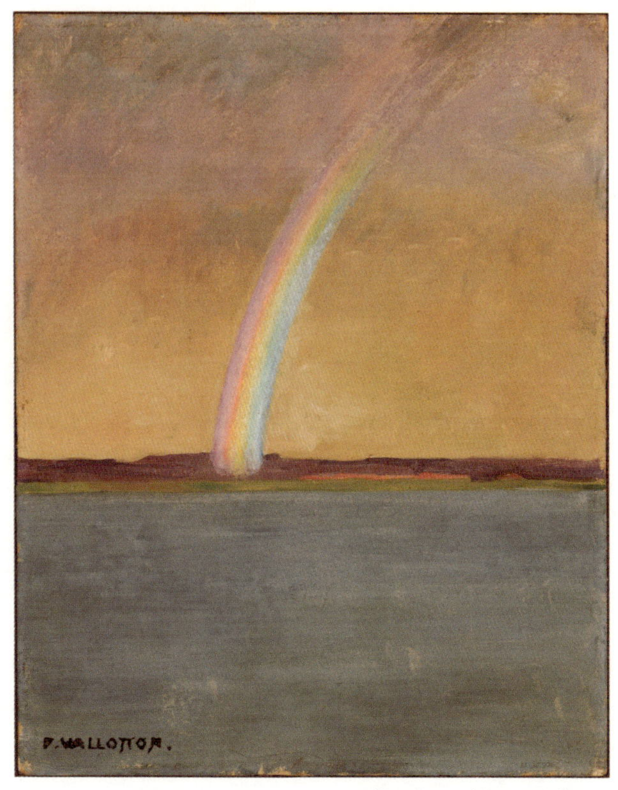

Félix Vallotton, 〈L'Arc-en-ciel〉, 1909

날고 싶다면,
마음을 짓누르는 짐을 내려놓아야 한다.

-《솔로몬의 노래》중

If you want to fly,
you have to give up the things that weigh you down.

당신의 마음을 짓누르는 짐이 있나요?

Ferdinand Hodler, ⟨Lake Geneva with the Savoy Alps⟩, 1907

자연은 매일 우리를 위해 끝없이 아름다운 그림을 그리고 있다.

– 존 러스킨

Nature is painting for us, day after day, pictures of infinite beauty.

광활한 대자연의 경이를 느껴본 적이 있나요?

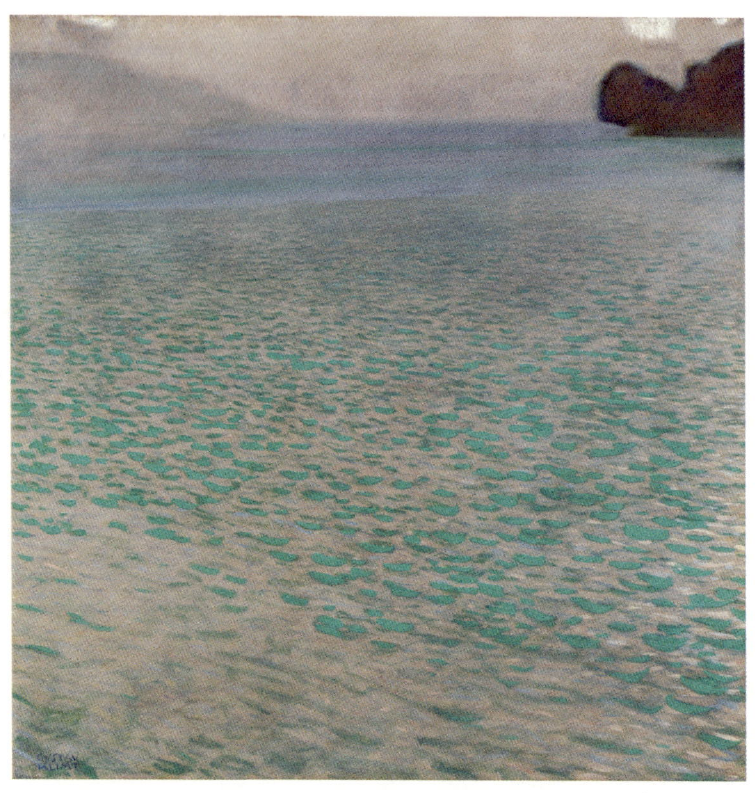

Gustav Klimt, 〈Attersee〉, 900

고요할 때 비로소 스며드는 배움이 있고,
폭풍 속에서야 깨닫는 진실도 있다.

- 윌라 캐서

There are some things you learn best in calm,
and some in storm.

힘든 경험을 통해 깨달음을 얻은 적이 있나요?

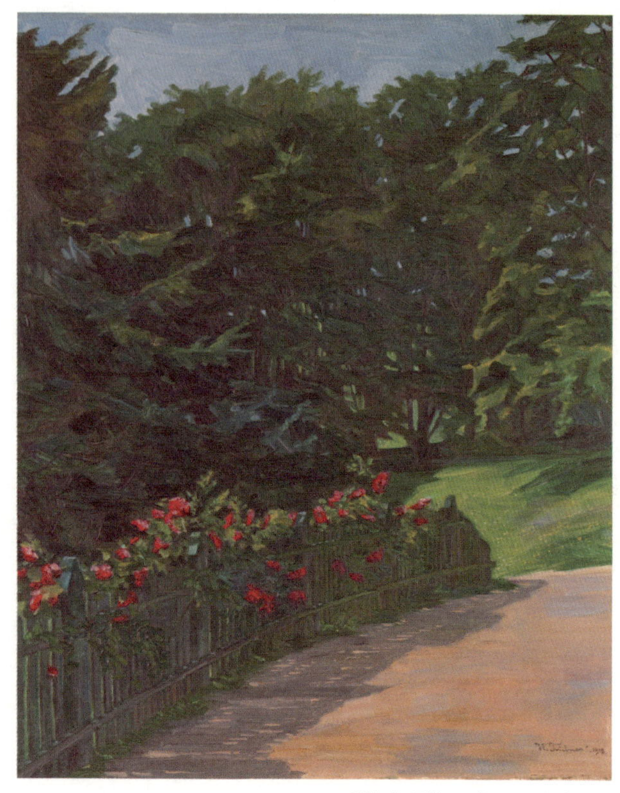

Wilhelm Trübner, 〈Rose Hedge〉, 1910

친절은 그 자체로 목적이 될 수 있다.
우리는 친절할 때 친절한 사람이 되어간다.

– 에릭 호퍼

Kindness can become its own motive.
We are made kind by being kind.

당신은 친절한 사람인가요?

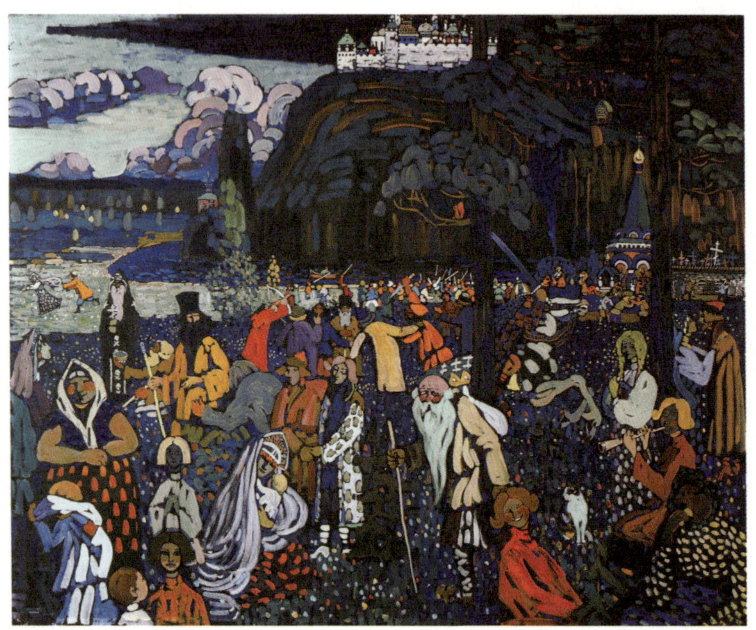

Wassily Kandinsky, 〈The colorful life〉, 1907

우정의 달콤함 속에 웃음과 기쁨을 나누세요.

마음은 사소한 것에 맺히는 이슬에서 아침을 맞이하고 생기를 되찾는답니다.

- 《예언자》 중

*And in the sweetness of friendship let there be laughter,
and the sharing of pleasures. For in the dew of little things
the heart finds its morning and is refreshed.*

사소한 것에서 행복을 느끼나요?

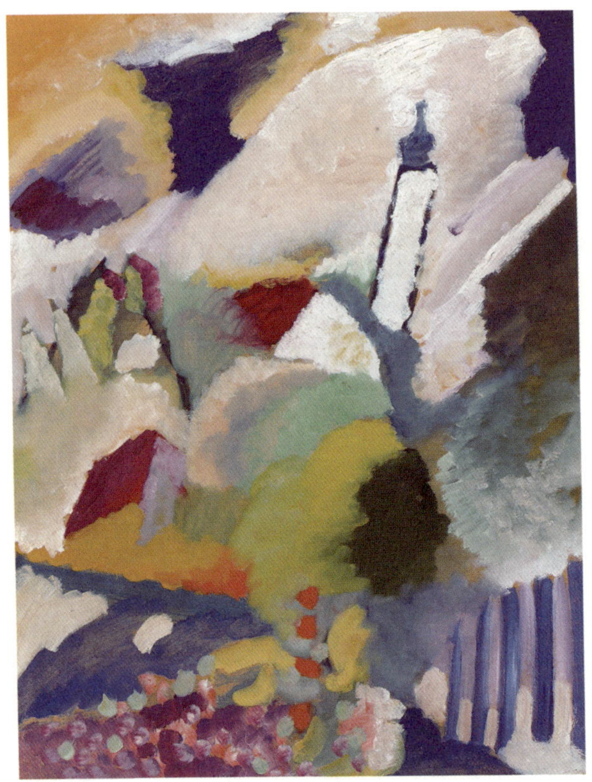

Wassily Kandinsky, 〈Murnau with church I〉, 1910

풍요로움은 우리가 얼마나 소유했느냐보다,

얼마나 누리느냐에 달려 있다.

– 에피쿠로스

Not what we have, but what we enjoy,
constitutes our abundance.

모든 면에서 풍요로운 삶을 살고 있나요?

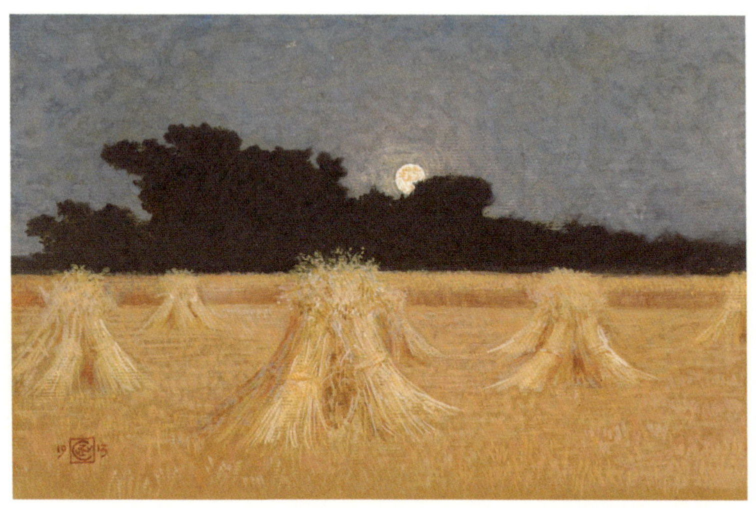

Walter Crane, 〈Moonrise〉, 1913

머릿속으로 생각만 해서는 밭을 갈 수 없다.

- 아일랜드 속담

You'll never plough a field by turning it over in your mind.

실천에 옮기지 못하고 있는 일이 있나요?

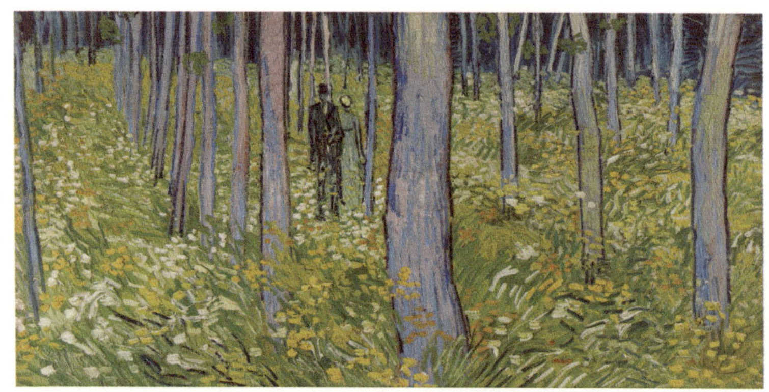

Vincent van Gogh, ⟨Undergrowth with two Figures⟩, 1890

나는 늘 나무를 좋아했다. 나무의 고요한 아름다움과 강인함,
어떤 어려운 상황에서도 살아내려는 의지가 참 좋다.

– 《빨강머리 앤》 중

I have always been a lover of trees.
I love their quiet beauty,
their strength, their determination to grow and live.

자연에서 위로를 받은 적이 있나요?

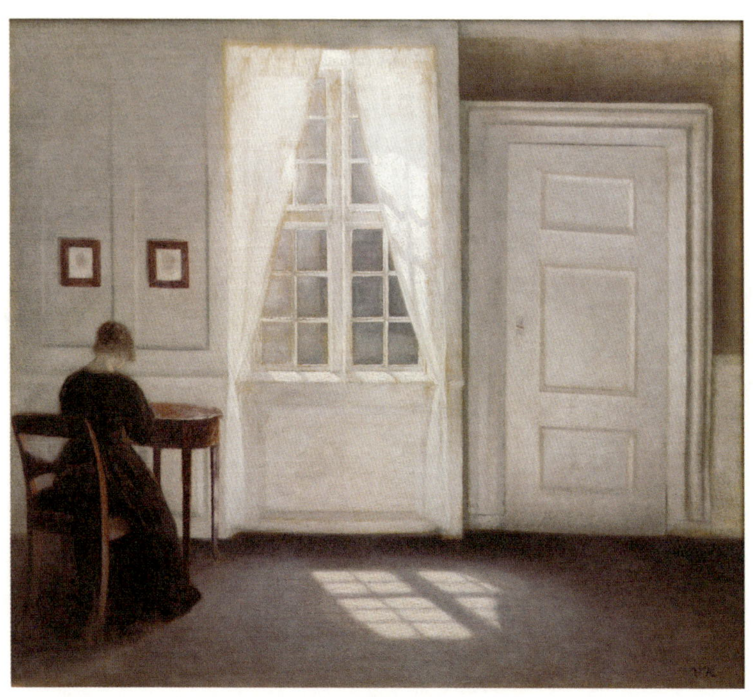

Vilhelm Hammershøi, 〈A Room In The Artist's Home In Strandgade, Copenhagen, With The Artist's Wife〉

우리는 삶을 두 번 맛보기 위해 글을 쓴다.
순간을 살며 한 번, 그 순간을 회상하며 또 한 번.

– 《아나이스 닌의 일기》 중에서

We write to taste life twice,
in the moment and in retrospect.

오늘을 되돌아보며 일기를 써볼까요?

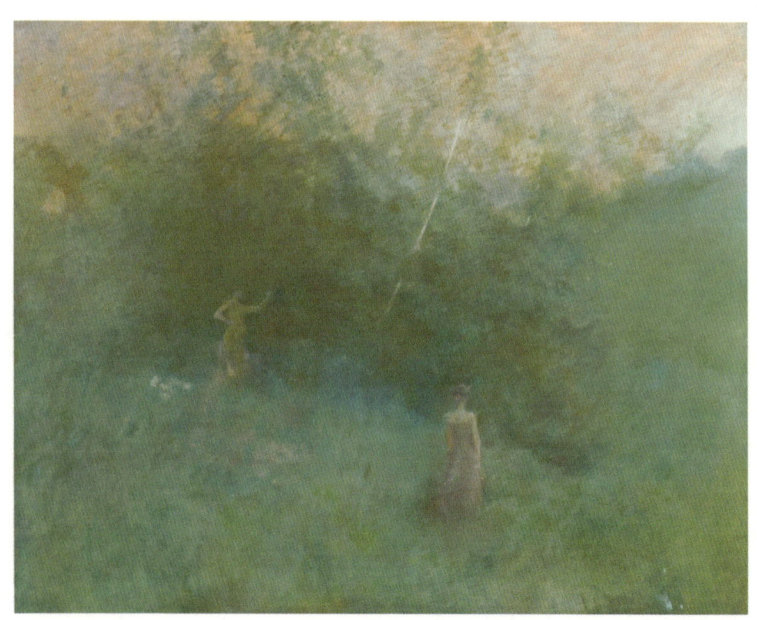

Thomas Wilmer Dewing, 〈The White Birch〉, 1899

사랑은 모든 것을 참고, 모든 것을 믿으며,
모든 것을 소망하고, 모든 것을 견딥니다.

- 《고린도전서 13:7》 중

*Love bears all things, believes all things,
hopes all things, endures all things.*

누군가를 온전히 사랑해 본 적이 있나요?

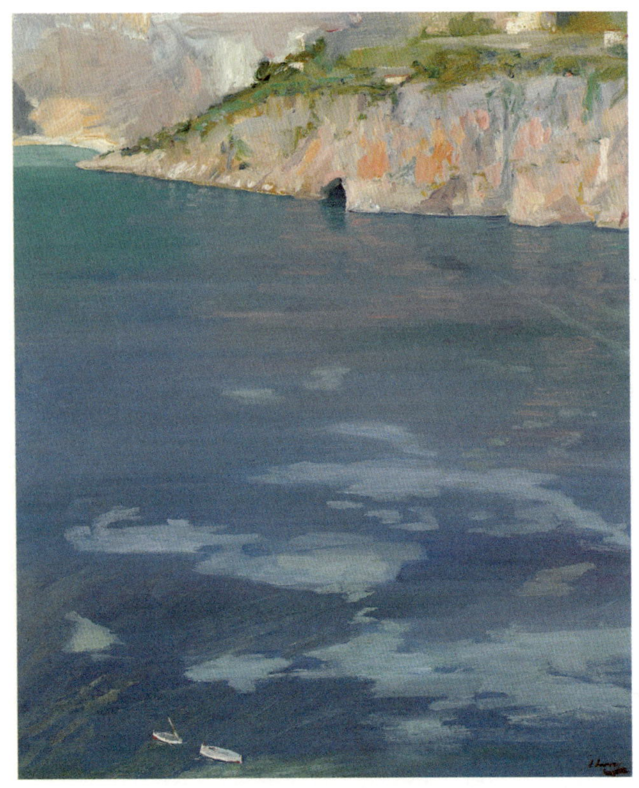

Sir John Lavery, 〈The Little White Boats, Cap Ferrat〉, 1921

인생은 붙잡는 것과 내려놓는 것 사이의 균형이다.

- 《The Essential Rumi》중

Life is a balance of holding on and letting go.

내려놓지 못하고 있는 마음이 있나요?

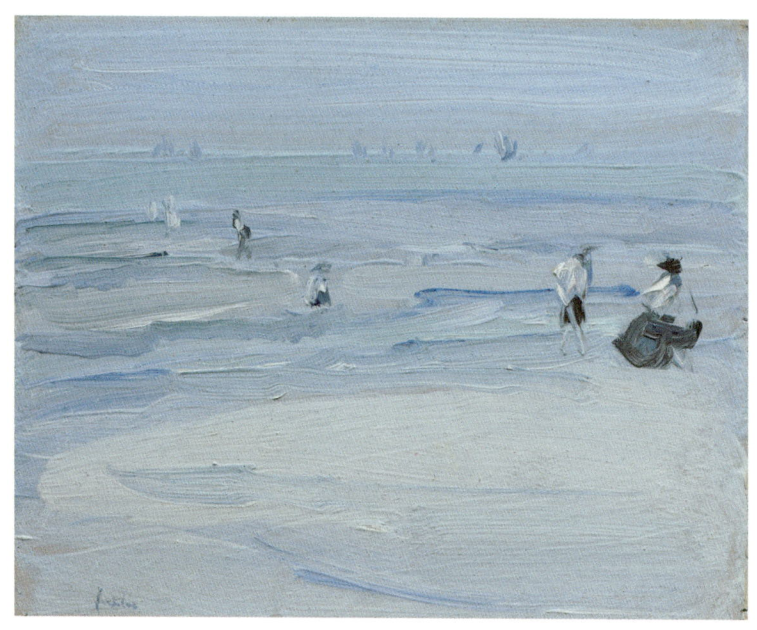

Samuel John Peploe, 〈Paris Plage〉, 1907

젊은 시절에 운 좋게도 파리에서 살아본 경험이 있다면,
그 기억은 평생 갈 것이다.
파리는 옮겨 다니는 축제니까.

– 어니스트 헤밍웨이

If you are lucky enough to have lived in Paris as a young man,
then wherever you go for the rest of your life, it stays with you,
for Paris is a moveable feast.

당신이 가본 여행지 중
가장 기억에 남는 곳은 어디인가요?

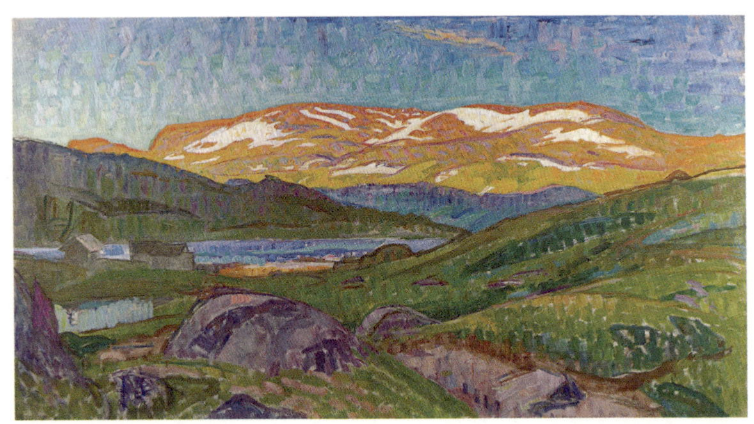

Richard Bergh, 〈Landskap från Gjendesheim〉, 1910

천 리 길도 한 걸음부터 시작된다.

- 《도덕경》 중

A journey of a thousand miles begins with a single step.

지금, 첫 걸음을 내딛어야 하는 일은 무엇인가요?

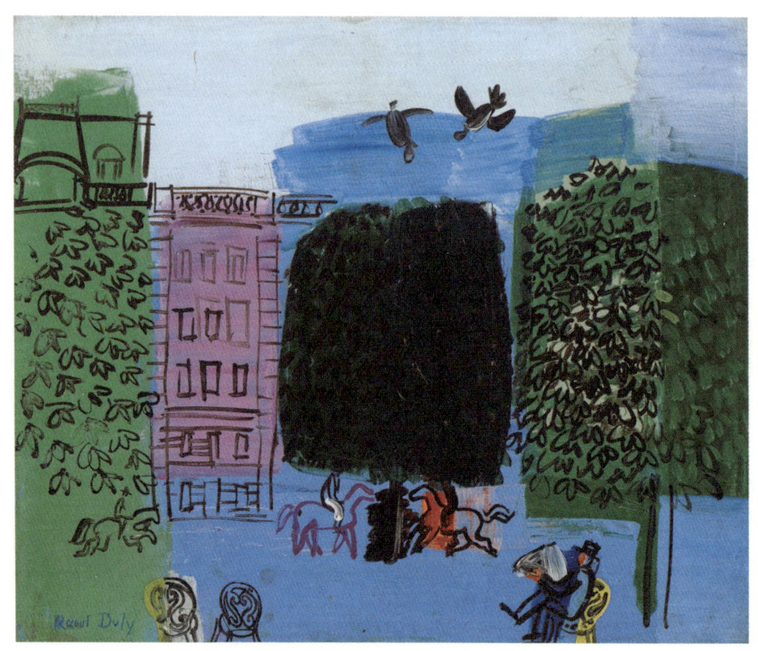

Raoul Dufy, 〈L'avenue du bois〉, 1928

하지만 내가 원하는 건 안락함이 아니다.
난 신을, 시를, 진짜 위험을, 자유를, 선함을 원한다.
그리고 죄마저도.

–《멋진 신세계》중

But I don't want comfort. I want God, I want poetry,
I want real danger, I want freedom, I want goodness. I want sin.

희로애락을 느끼며 살아가고 있나요?

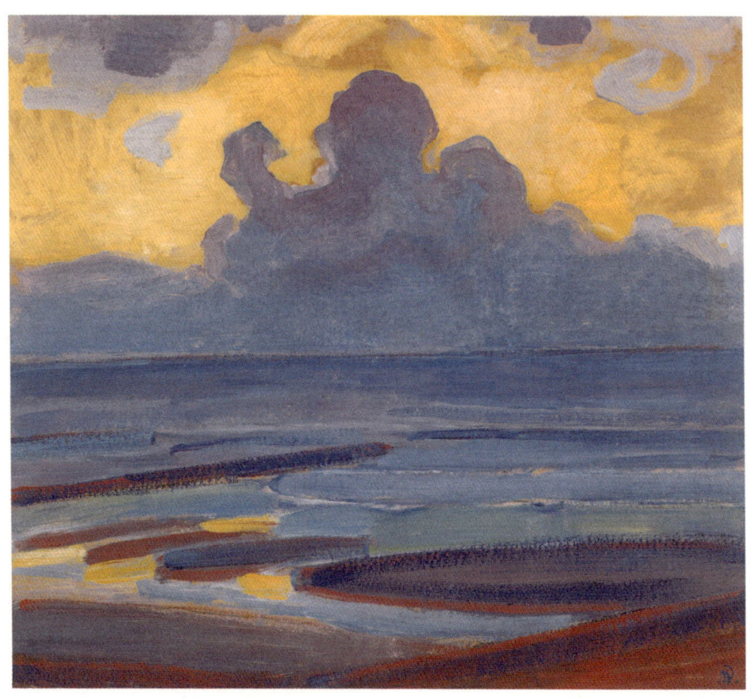

Piet Mondrian, 〈By the Sea〉, 1909

삶의 모든 다채로움과 매력,
아름다움은 빛과 그림자로 이루어져 있다.

- 《안나 카레니나》 중

All the variety, all the charm,
all the beauty of life is made up of light and shade.

삶의 빛과 그림자를 어떻게 받아들이고 있나요?

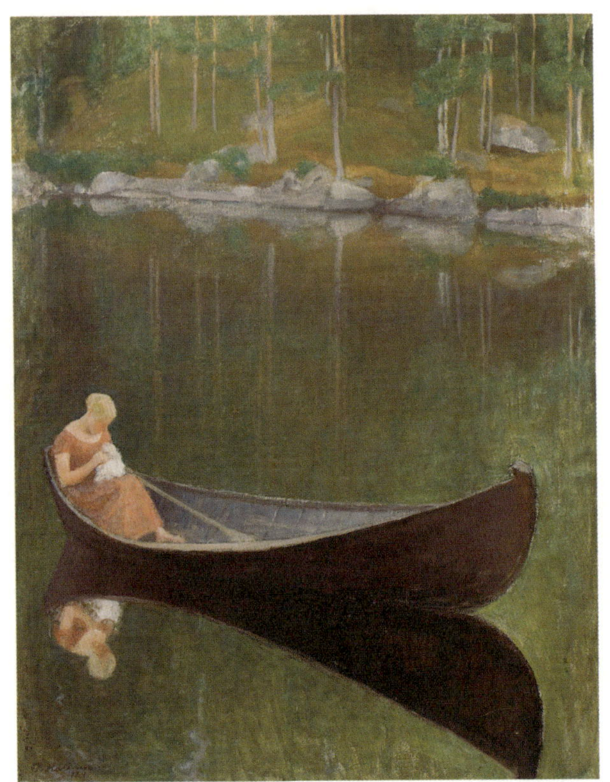

Pekka Halonen, 〈Woman In A Boat〉, 1924

털어놓지 못한 이야기를 속에 품고 사는 것보다
더 큰 고통은 없다.

– 《새장에 갇힌 새가 왜 노래하는지 나는 아네》 중

There is no greater agony
than bearing an untold story inside you.

털어놓지 못한 비밀이 있나요?

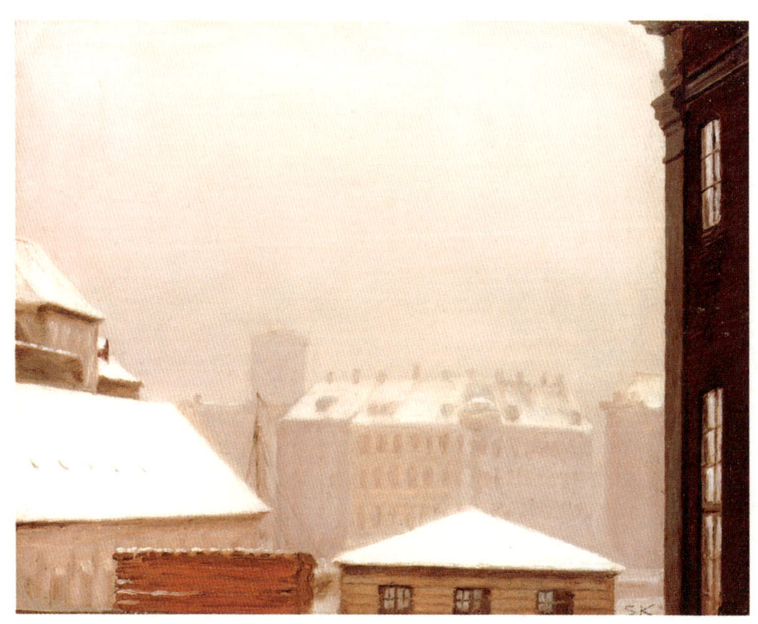

Peder Severin Krøyer, 〈Copenhagen; Roofs Under the Snow〉

겨울의 한복판에서 비로소 나는
내 안에 불굴의 여름이 있음을 발견했다.

- 《티파사로의 귀환》 중

In the middle of winter, I at last discovered that
there was in me an invincible summer.

위기의 순간에 발견한 나의 모습은 무엇인가요?

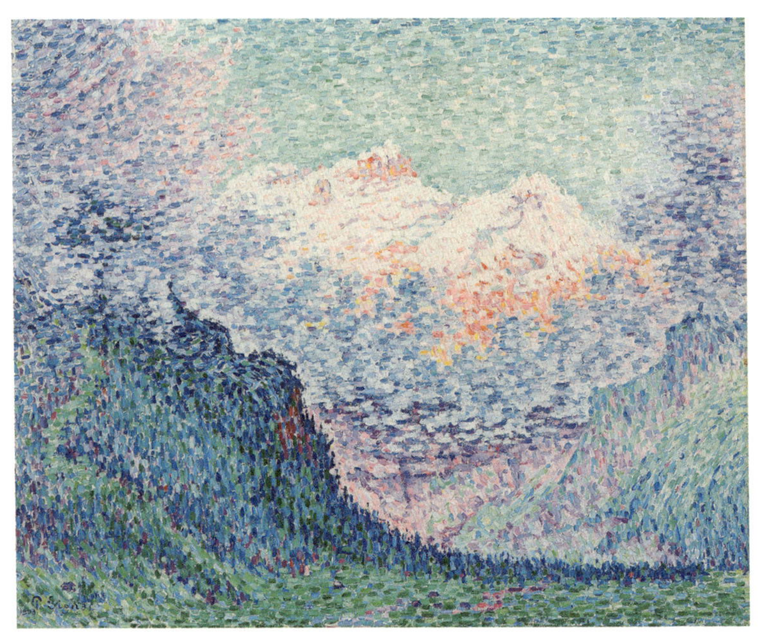

Paul Signac, ⟨Les Diablerets⟩, 1903

다시 봄이 왔다.

대지는 마치 시를 암송하는 어린아이 같다.

- 《젊은 시인에게 보내는 편지》 중

It is spring again.
The earth is like a child that knows poems by heart.

마음 속에 새기고 있는 시가 있나요?

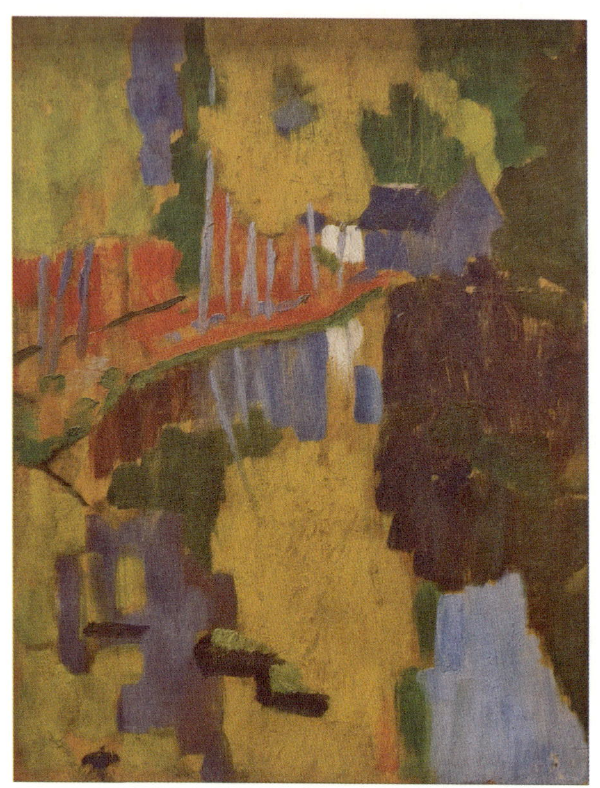

Paul Sérusier, 〈The Talisman〉, 1888

세상은 마법으로 가득 차 있다.
우리의 감각이 더 예리해지길 잠잠히 기다리며.

- 《켈트의 여명》중

The world is full of magic things,
patiently waiting for our senses to grow sharper.

몸에서 보내는 신호에 예민하게 반응하고 있나요?

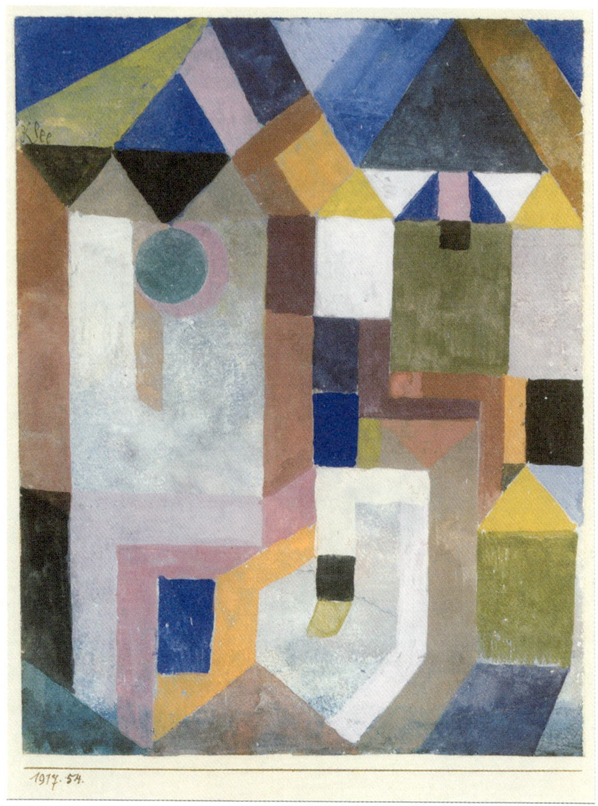

Paul Klee, <Colorful Architecture>, 1917

방황하는 모든 이들이 길을 잃은 것은 아니다.

– 《반지의 제왕》 중

Not all those who wander are lost.

지금 방황하고 있나요?

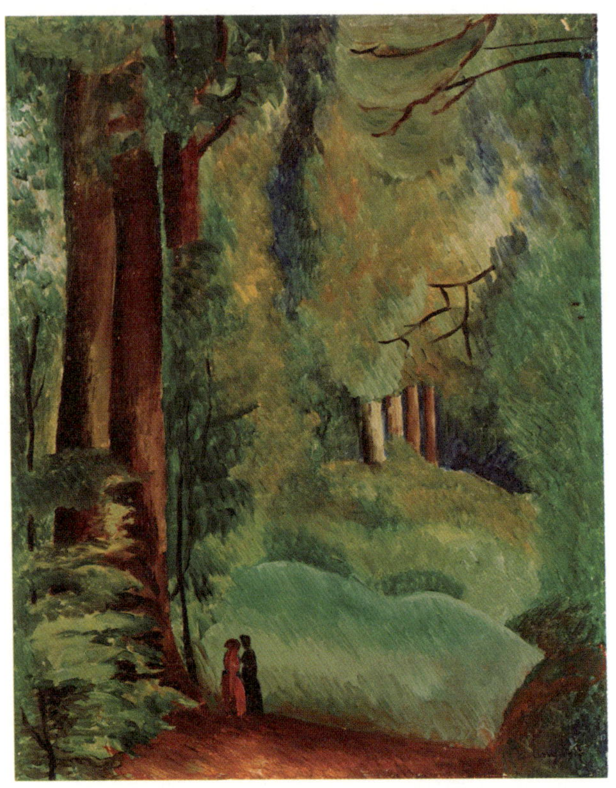

Moïse Kisling, 〈Ville-d'Avray〉, 1917

사랑은 눈이 아닌 마음으로 보는 것이다.
그래서 날개 달린 큐피드는 눈먼 모습으로 그려진다.

– 《한여름 밤의 꿈》 중

Love looks not with the eyes, but with the mind,
and therefore is winged Cupid painted blind.

사랑하는 사람을 지금, 어떻게 바라보고 있나요?

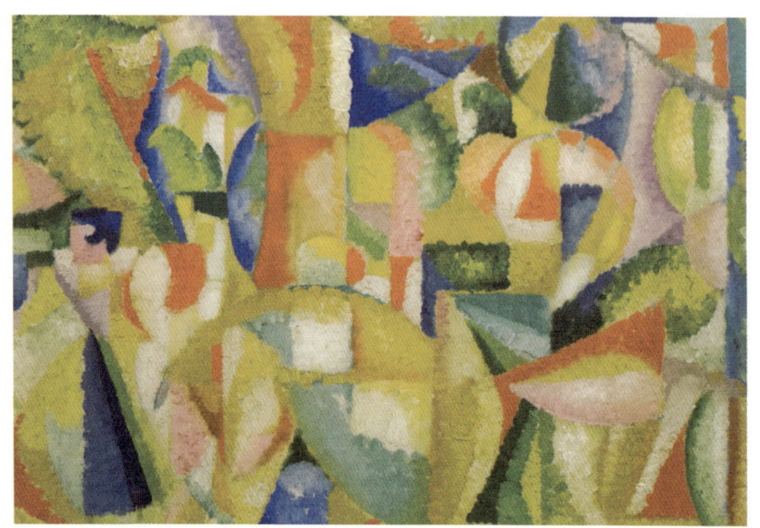

Amadeo de Souza-Cardoso, 〈Les Cavaliers〉, 1913

성공이란, 하루하루 쌓은
작은 노력들의 합이다.

- 로버트 콜리어

Success is the sum of small efforts repeated day in and day out.

오늘, 어떤 노력을 했나요?

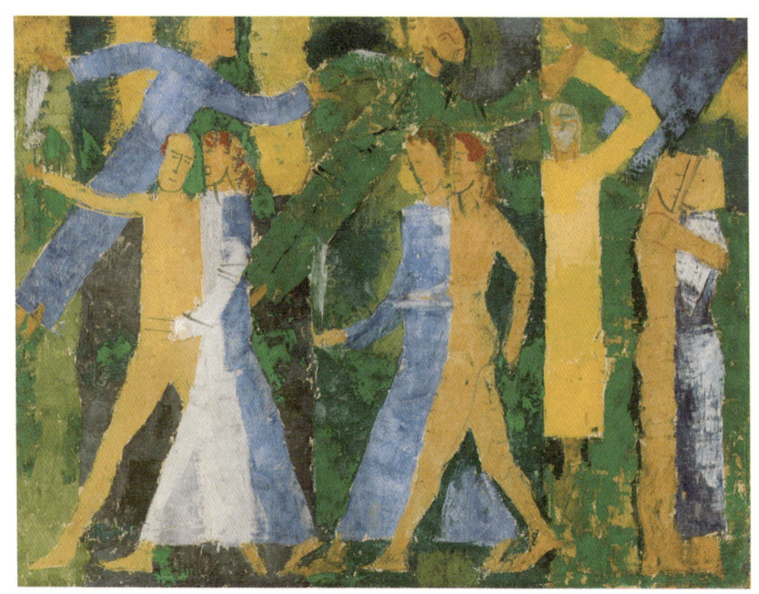

August Babberger, 〈Paare im Walde II〉

과거의 잘못된 일에 머무르지 마세요.
대신, 이제 무엇을 해야 할지에 집중해 보세요.

– 데니스 웨이틀리

Don't dwell on what went wrong.
Instead, focus on what to do next.

벗어나지 못한 과거가 있나요?

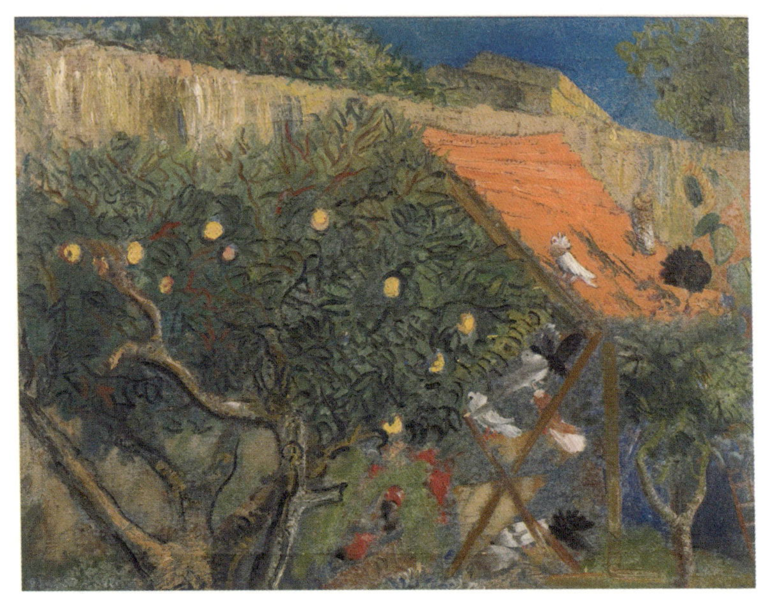

Boris Grigoriev, 〈In the Garden〉

삶이란 해결할 문제가 아니라 경험해야 할 여정이야.

- 《위니 더 푸》 중

Life is a journey to be experienced, not a problem to be solved.

새롭게 경험해 보고 싶은 일이 있나요?

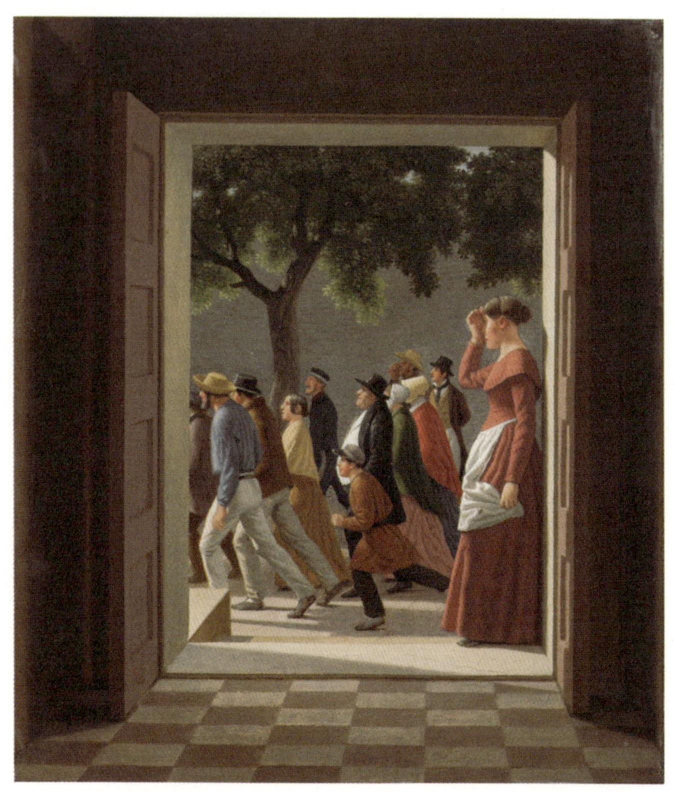

Christoffer Wilhelm Eckersberg, 〈View through a Door to Running Figures〉, 1844-1845

가끔 하는 일보다 매일 반복하는 일이
더 중요하다.

- 《무조건 행복할 것》 중

What you do every day matters
more than what you do once in a while.

일상을 소중히 여기고 있나요?

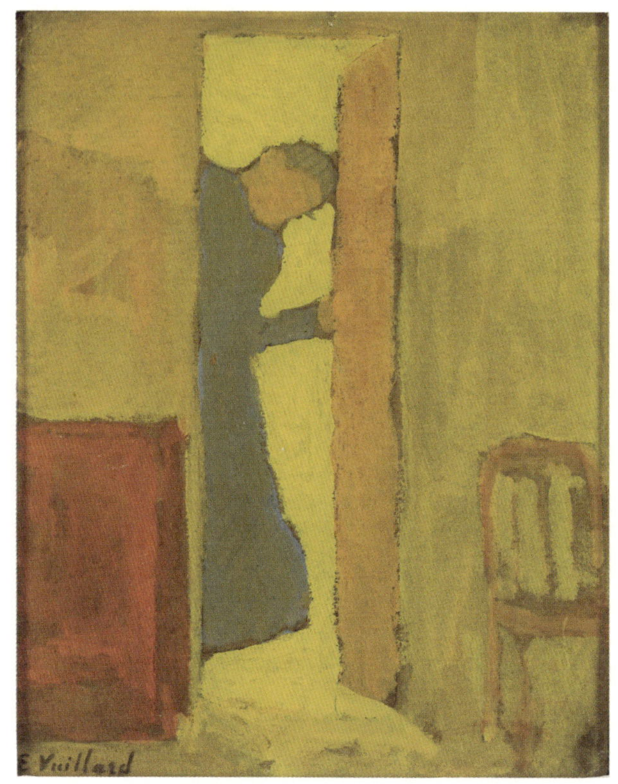

Édouard Vuillard, 〈The Artist's Mother Opening a Door〉, 1886

비관주의자는 기회 속에서 어려움을 보고,
낙관주의자는 어려움 속에서 기회를 본다.

- 윈스턴 처칠

*A pessimist sees the difficulty in every opportunity;
an optimist sees the opportunity in every difficulty.*

당신은 어려움 속에서 기회를 보는 사람인가요?

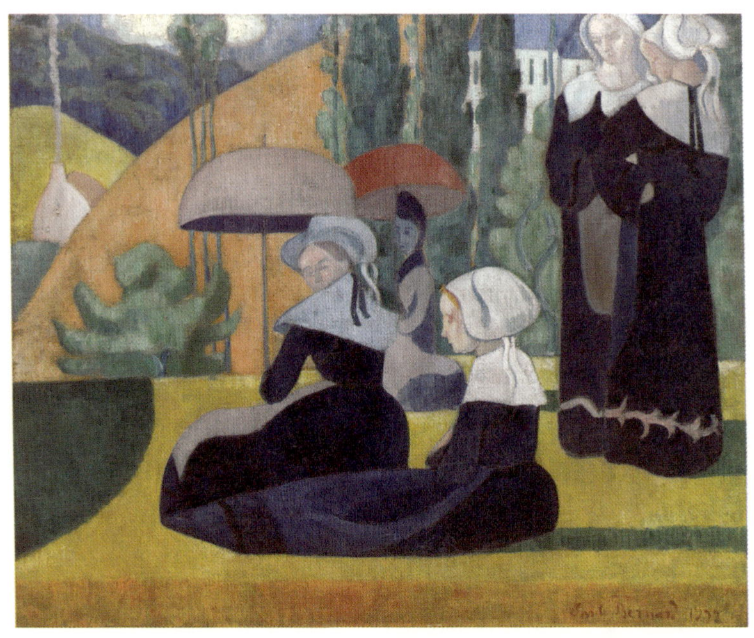

Émile Bernard, 〈Breton Women with Umbrellas〉, 1892

모두가 다르다는 것을 기억하자.
판단하지 말고, 이해하려고 하자.

- 《마음의 빛》 중

We are all different. Don't judge,
understand instead.

이해하기 힘든 사람이 있나요?

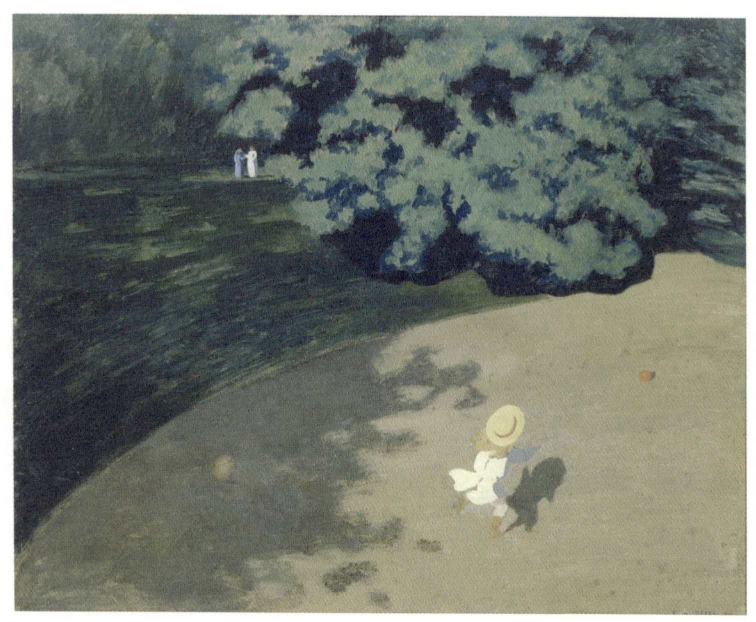

Félix Vallotton, 〈The Ball〉, 1899

내게 주어진 결핍에도 불구하고 내가 행복하다면,
만약 내 행복이 아주 깊어 믿음이 되고,
아주 깊이 사색 되어 인생철학이 된다면, 한마디로 내가 낙관주의자라면,
긍정에 대한 나의 고백은 들을 만한 가치가 있는 것이다.

- 《낙관론》 중

If I am happy in spite of my deprivations,
if my happiness is so deep that it is a faith,
so thoughtful that it becomes a philosophy of life,—if, in short,
I am an optimist, my testimony to the creed of optimism is worth hearing.

내 결핍을 어떤 시선으로 바라보고 있나요?

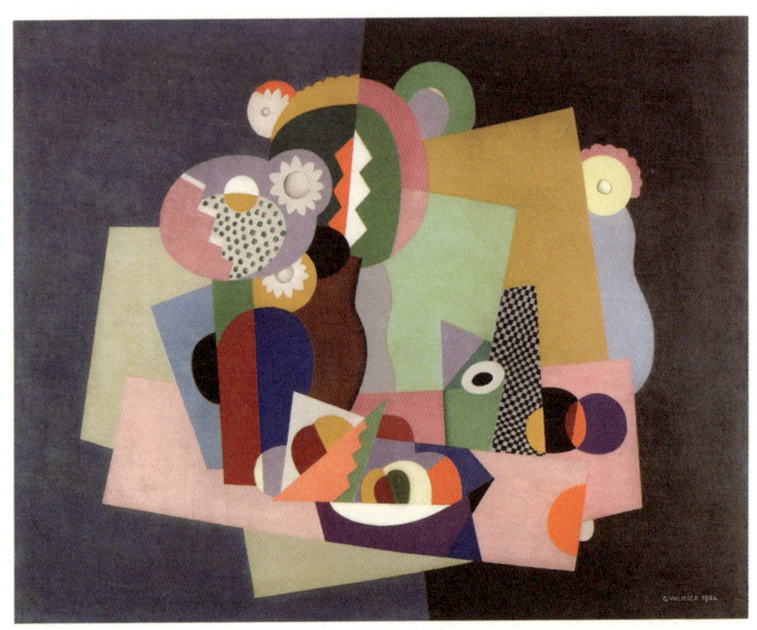

Georges Valmier, 〈Flowers and fruit〉, 1924

넌 네가 생각하는 것보다 더 용감하고,
더 강하고 더 똑똑하단다.

- 《위니 더 푸》 중

You're braver than you believe, stronger than you seem,
and smarter than you think.

자신을 스스로 어떻게 평가하고 있나요?

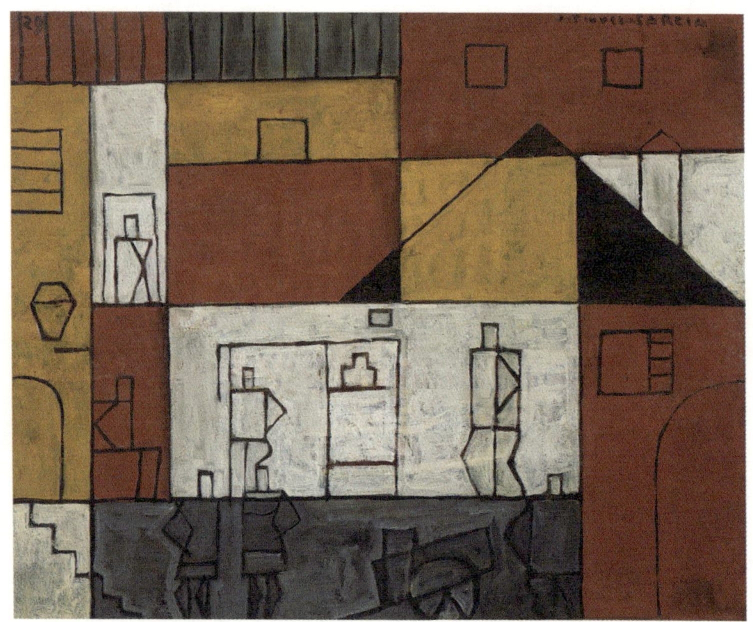

Joaquín Torres-García, 〈Rue no. 2〉, 1929

선함은 절대로 실패하지 않는 유일한 투자다.

- 헨리 데이비드 소로우

Goodness is the only investment that never fails.

주변에 선한 영향력을 끼치고 있나요?

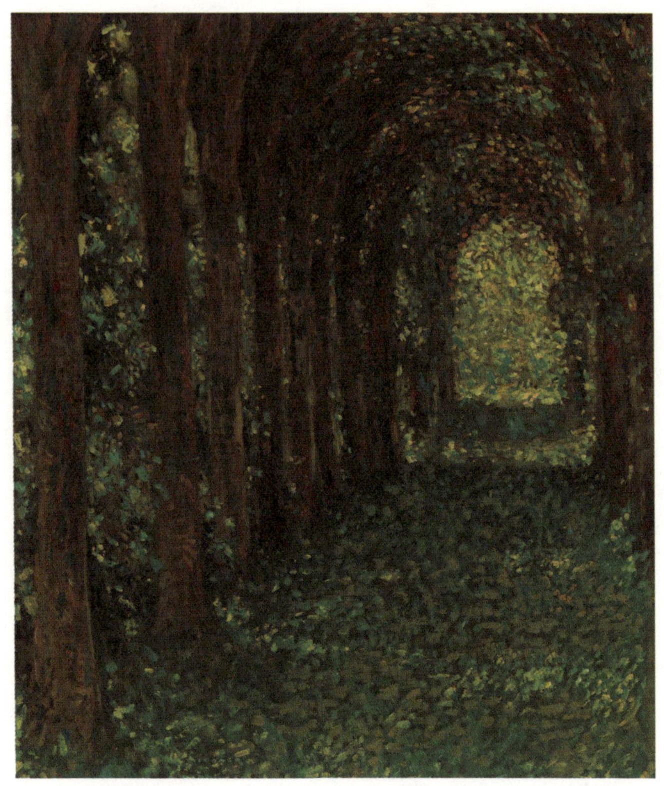

Henri Le Sidaner, 〈L'allée Verte〉, 1905

네가 자연을 진정으로 사랑하면,
넌 세상 어디서든 아름다움을 발견할 수 있어.

– 반 고흐가 동생 태오에게 보낸 편지

If you truly love Nature,
you will find beauty everywhere.

오늘 당신이 발견한 아름다움은 무엇인가요?

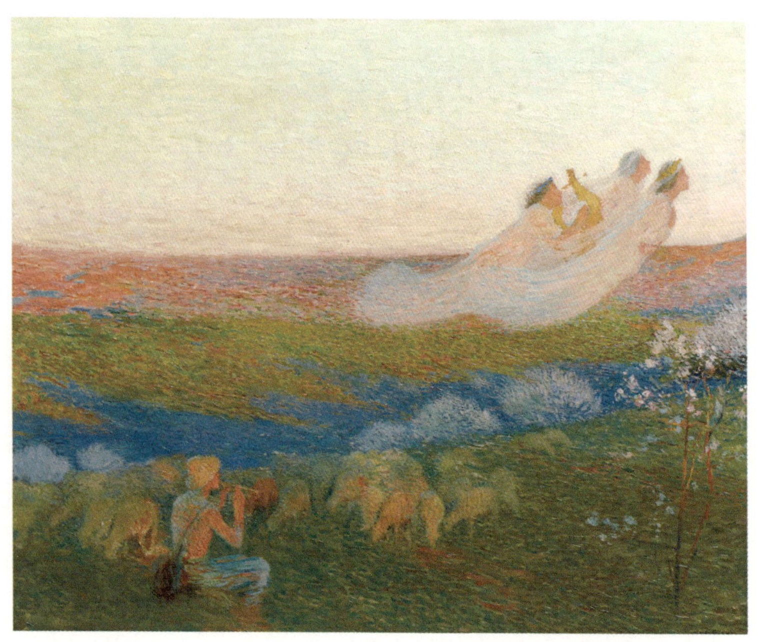

Henri Martin, 〈Berger et ses trois muses〉

우리는 한쪽 날개만 가진 천사라,
서로를 품에 안을 때 비로소 날아오를 수 있다.

- 《벨라비스타가 이렇게 말했다》 중

We are each of us angels with only one wing,
and we can only fly by embracing one another.

당신의 반쪽은 누구인가요?

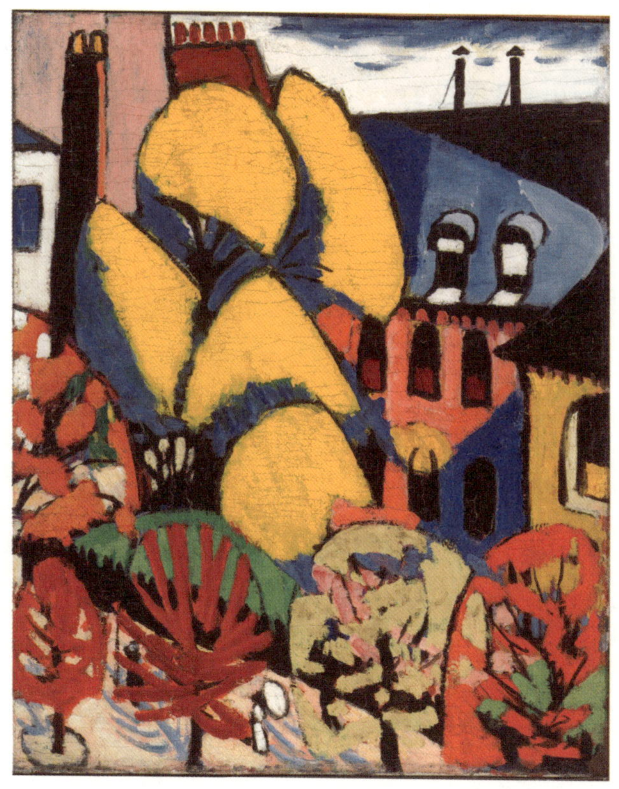

Henry Lyman Saÿen, 〈Trees〉, 1912-1914

세계 평화를 위해 내가 할 수 있는 일은 무엇일까요?
집에 있는 가족을 사랑해 보세요.

- 마더 테레사

What can you do to promote world peace?
Go home and love your family.

요즘 가족에게 소홀하지 않았나요?

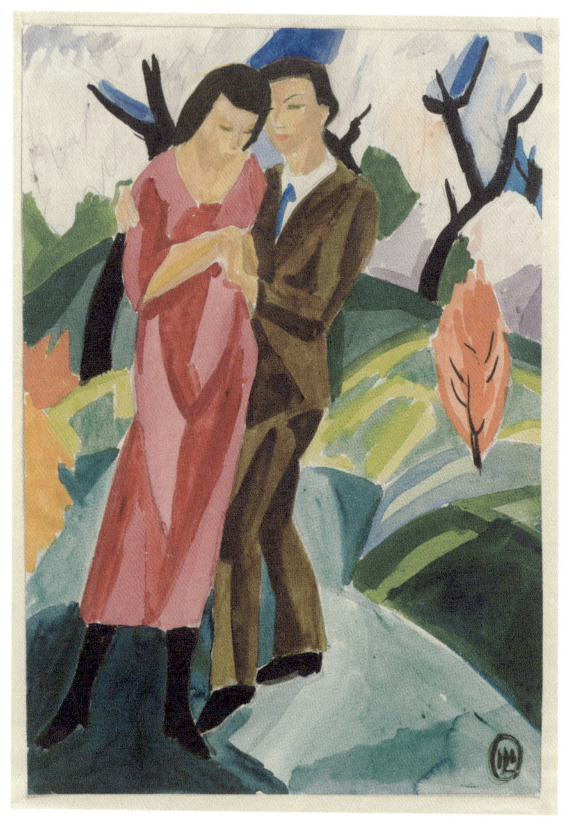

Hermann Lismann, 〈Couple outside〉, 1920

행복한 결혼이란 잘 용서할 줄 아는 두 사람의 연합이다.

- 《결혼을 말하다》 중

A happy marriage is the union of two good forgivers.

당신이 생각한 행복한 결혼생활이란 무엇일까요?

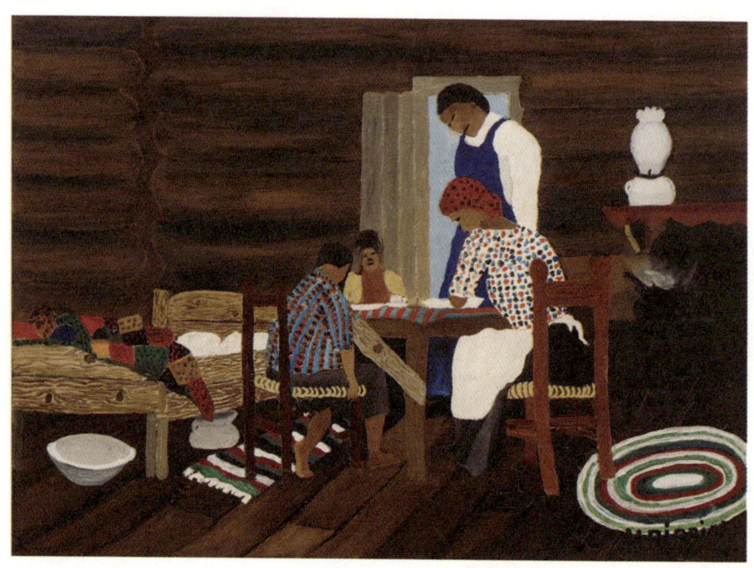

Horace Pippin, 〈Giving Thanks〉, 1942

세상에 당신은 한 사람일지 모르지만,
그 사람에게는 당신이 전부일 수 있습니다.

– 팀 로빈

To the world you may be one person;
but to one person you may be the world.

당신에게 엄마는 어떤 의미인가요?

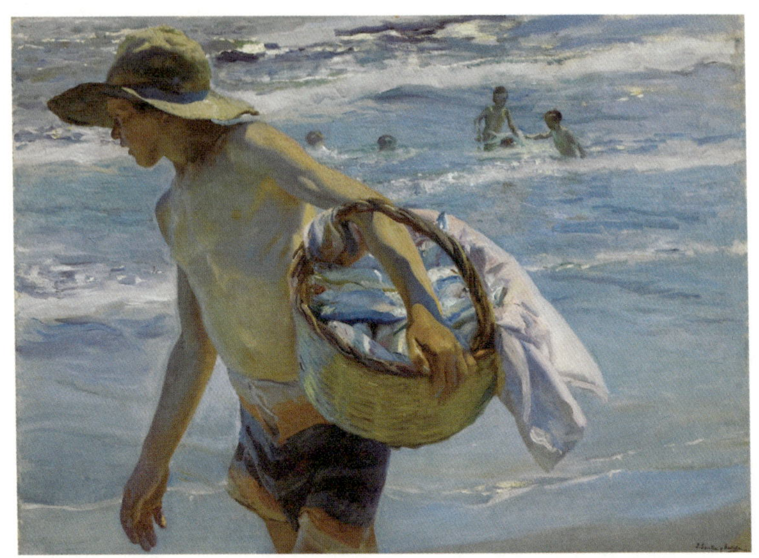

Joaquín Sorolla, 〈El Pescador〉

혼자 가면 빠를 수 있지만,
함께 가야 멀리 갈 수 있다.

- 아프리카 속담 중

If you want to go fast, go alone.
If you want to go far, go together.

동료들 눈에 비친 당신은 어떤 사람일까요?

John Atkinson Grimshaw, 〈Sand, Sea And Sky, a Summer Phantasy〉, 1892

당신의 침묵을 이해하지 못하는 사람은,
아마 당신의 말도 이해하지 못할 것이다.

- 엘버트 허버드

He who does not understand your silence will probably
not understand your words.

침묵엔 어떤 힘이 있나요?

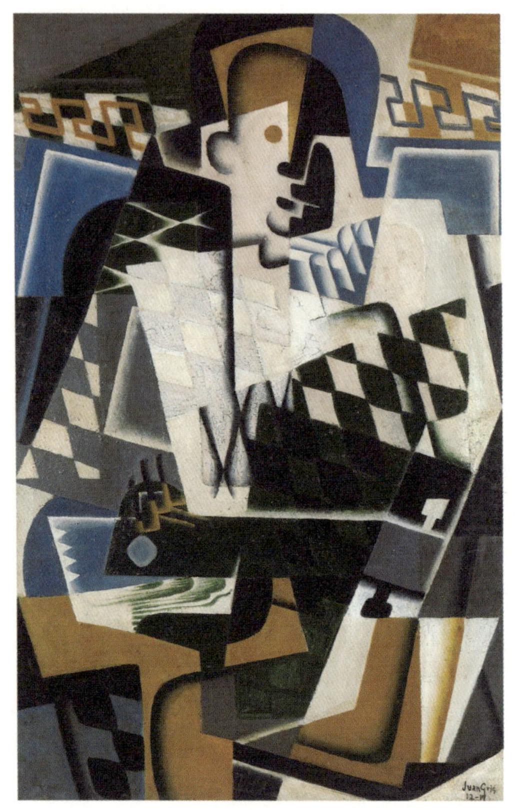

Juan Gris, 〈Harlequin with a Guitar〉, 1917

어제는 단지 오늘의 기억일 뿐이며,
내일은 오늘의 꿈이다.

- 칼릴 지브란

Yesterday is but today's memory,
and tomorrow is today's dream.

내일의 당신은 어떤 사람일까요?

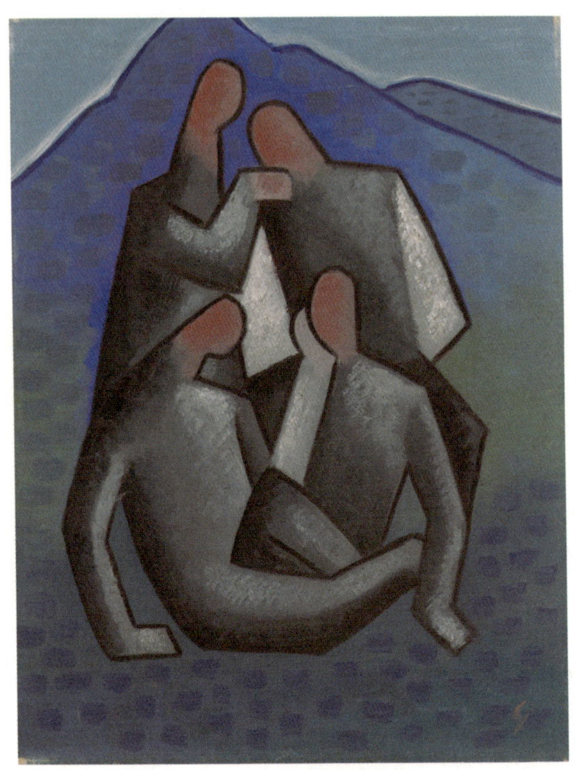

Mikuláš Galanda, 〈Robbers〉, 1932-1933

자신을 아는 것이 모든 지혜의 출발점이다.

– 아리스토텔레스

Knowing yourself is the beginning of all wisdom.

당신은 자신에 대해 잘 알고 있나요?

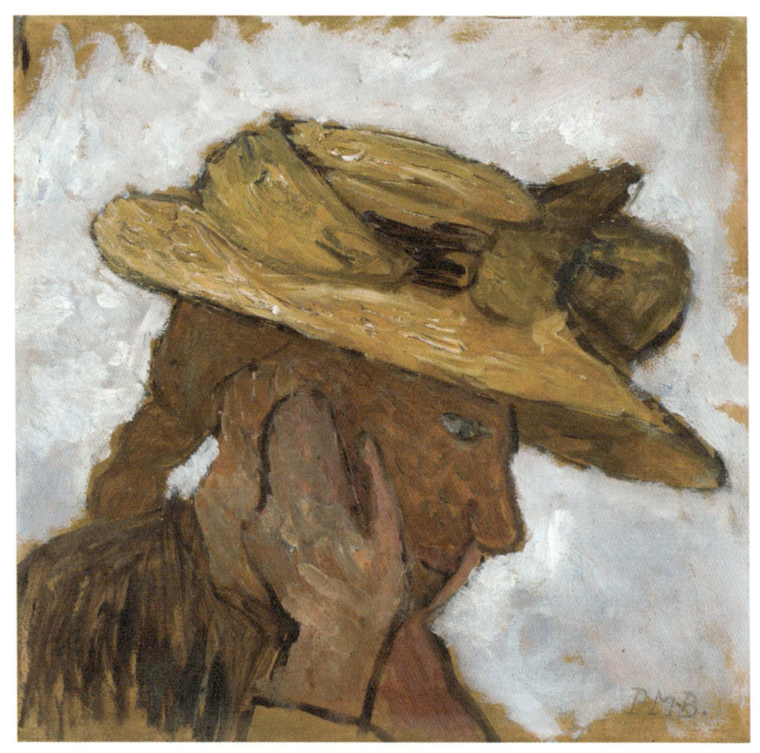

Paula Modersohn-Becker, 〈Mädchen mit Strohhut im Profil nach rechts〉, 1905

불운의 바람이 불어오는 순간에도,
놀라운 일은 여전히 일어날 수 있다.

- 가브리엘 가르시아 마르케스

Even when the winds of misfortune blow,
amazing things can still happen.

어떤 상황에서 주눅이 드나요?

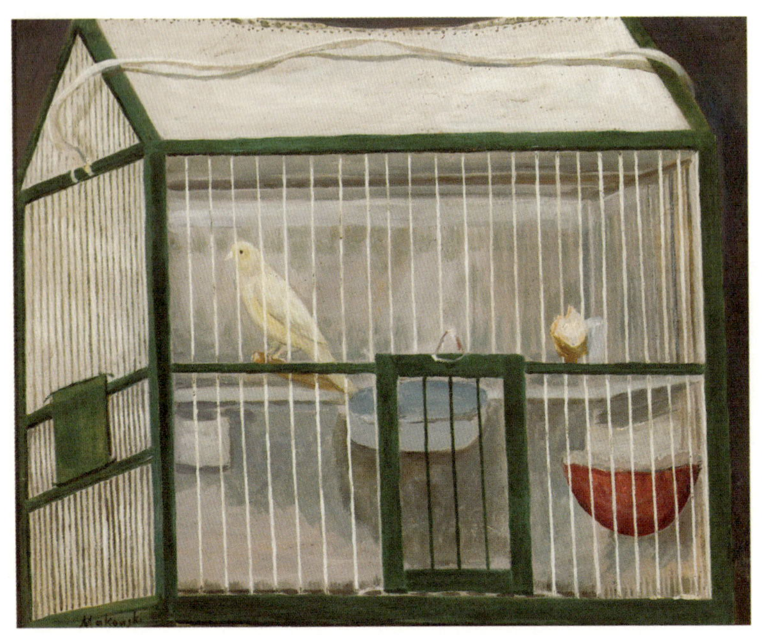

Tadeusz Makowski, 〈Cage with a canary〉, 1922

새는 둥지에 있을 때 가장 안전하다.
하지만 새의 날개는 하늘을 날기 위한 것이다.

- 《World Peace: The Voice of a Mountain Bird》 중

A bird is safe in its nest—but that is
not what its wings are made for.

새롭게 도전하고 있는 일이 있나요?

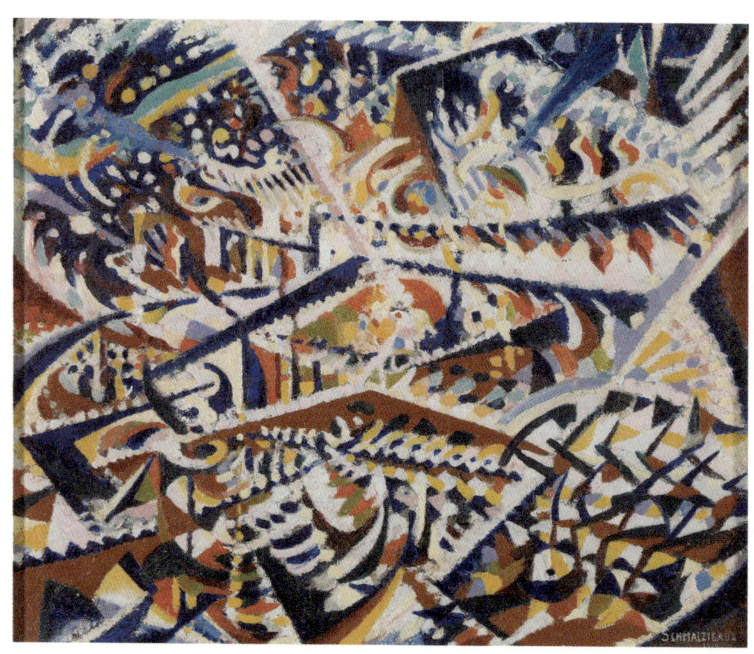

Jules Schmalzigaug, 〈Light + Mirrors and Crowd; interior of a Popular Ballroom in Antwerp〉, 1914

창의적인 사람이 되고 싶다면 용기를 내야 한다.

– 앙리 마티스

Creativity takes courage.

당신은 창의적인 사람인가요?

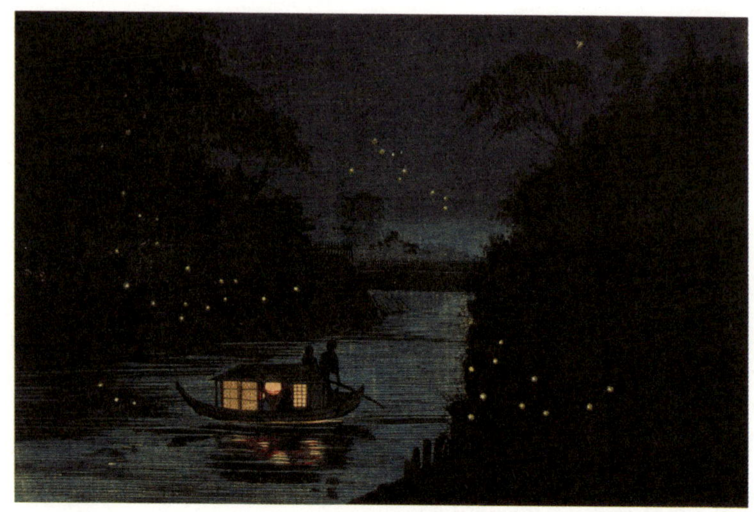

Kobayashi Kiyochika, 〈Fireflies at Ochanomizu〉, 1880

마음에 평화가 깃들면,
세상 또한 평온하다.

－《논어》중

When the mind is at peace,
the world too is at peace.

오늘 마음의 상태는 어떤가요?

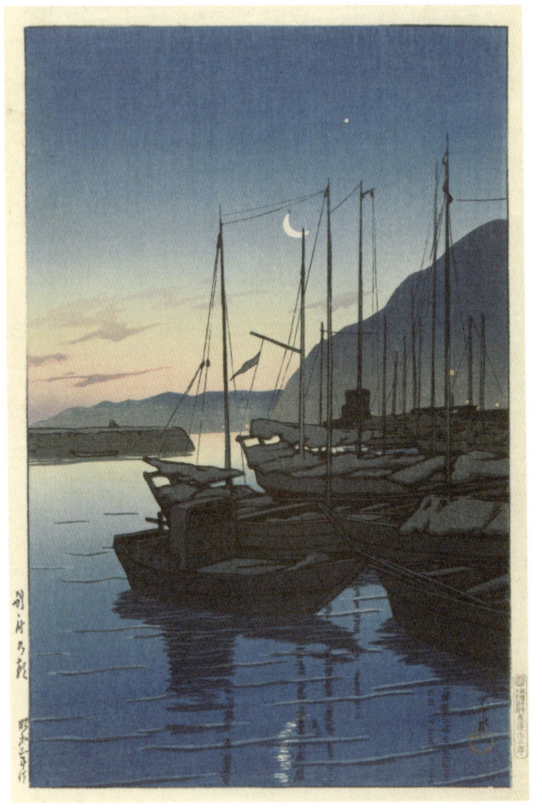

Kawase Hasui, 〈Ochtend in Beppu〉, 1928

고요히 흐르는 강물을 바라보면,

마음은 그 물결에 비친 자신을 마주하며 평화를 얻는다.

－《당나라 시》 중

Quietly watching the river flow,
the heart finds peace within its own reflections.

언제 평화를 느끼나요?

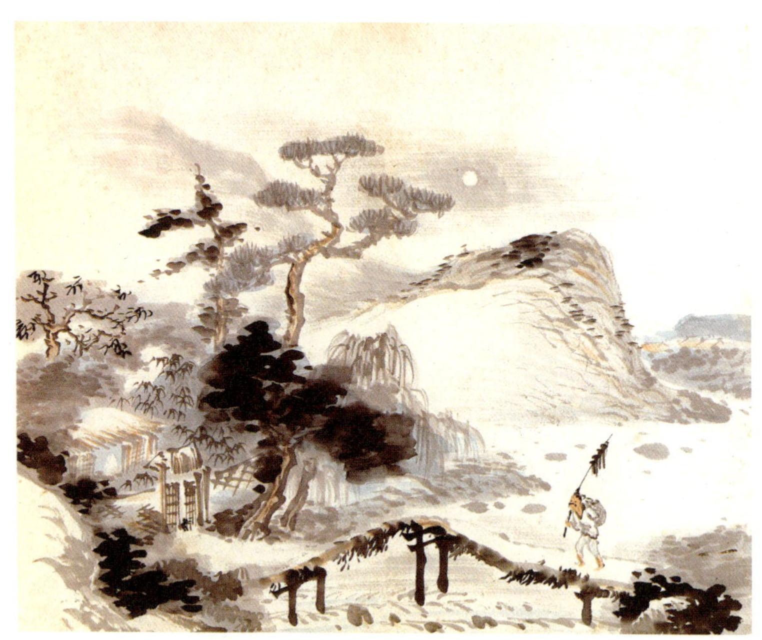

Ohara Koson, 〈Grasses at full moon〉, 1900-1936

때로 가장 아름다운 순간은 높이 날아오를 때가 아니라,
넘어져도 다시 일어서는 그때다.

- 《전락》 중

*Sometimes, the most beautiful thing is not how high you can fly,
but how you let yourself fall and rise again.*

경험했던 실패로부터 무엇을 배웠나요?

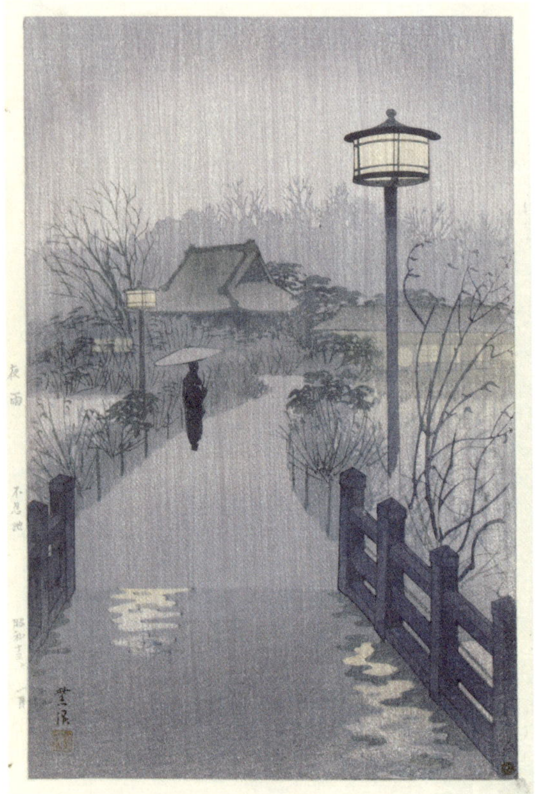

Kasamatsu Shirô, 〈Avondregen bij de Shinobazu vijver〉, 1938

옳은 사람이 될지 친절한 사람이 될지 선택해야 한다면
친절을 선택하세요.

- 《원더》 중

When given the choice between being right or being kind,
choose kind.

옳은 말을 하려다 타인에게 상처를 준 적은 없나요?

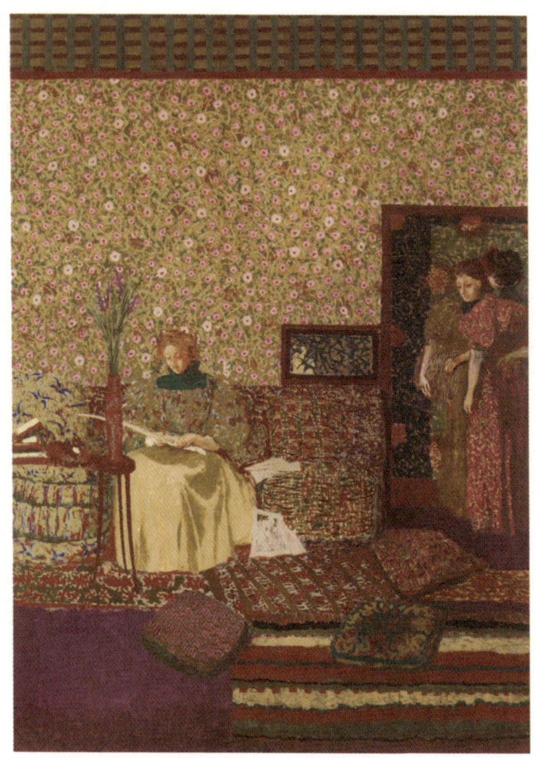

Édouard Vuillard, ⟨Personnages dans un intérieur. L'intimité⟩, 1896

공감이란 다른 누군가의 눈을 통해 세상을 보고,
그의 귀를 통해 이야기를 듣고,
그의 마음으로 감정을 느끼는 일이다.

- 알프레드 아들러

Empathy is seeing with the eyes of another,
listening with the ears of another,
and feeling with the heart of another.

타인과 공감하며 살고 있나요?

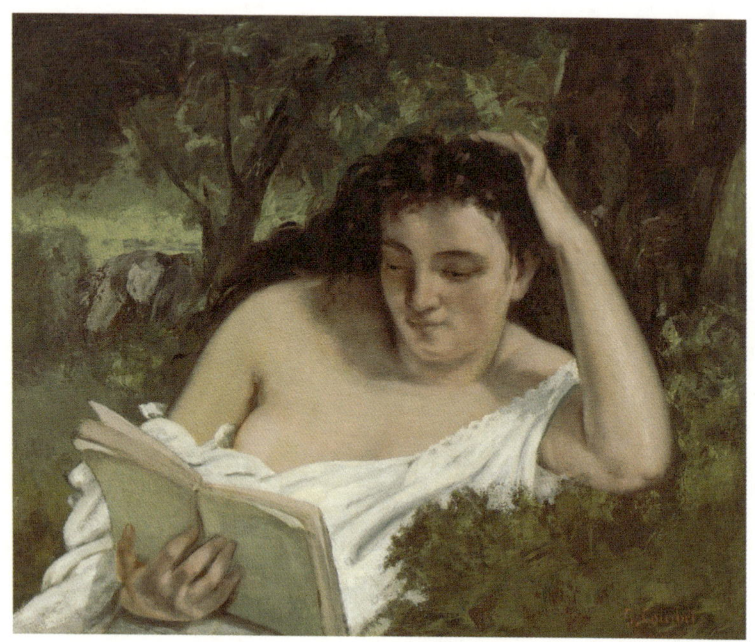

Gustave Courbet, 〈A Young Woman Reading〉, 1866-1868

예술은 영혼에 내려앉은 일상의 먼지를 씻어낸다.

- 파블로 피카소

Art washes away from the soul the dust of everyday life.

요즘 가고 싶은 전시회가 있나요?

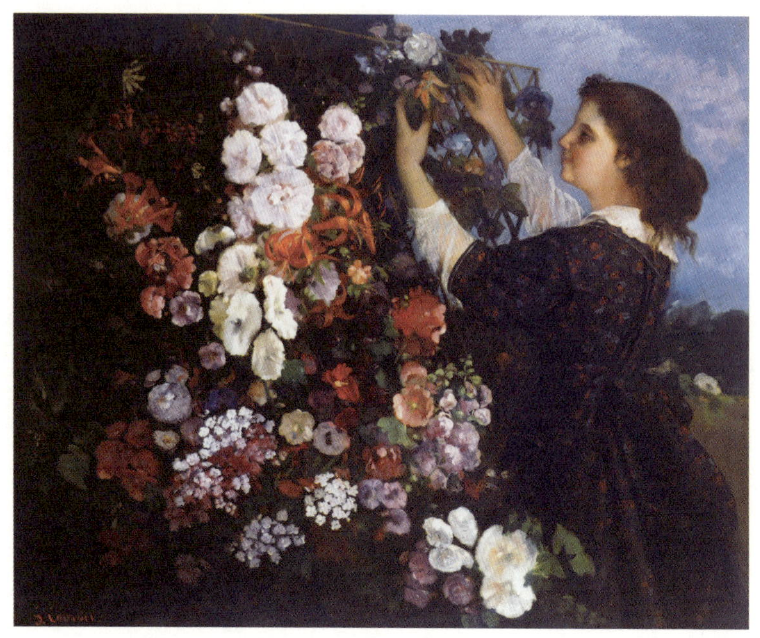

Gustave Courbet, 〈Trellis〉

사소한 일에 충실하세요.
바로 거기서 진정한 힘이 나옵니다.

– 마더 테레사

Be faithful in small things
because it is in them that your strength lies.

내가 즐기는 사소한 일은 어떤 것이 있나요?

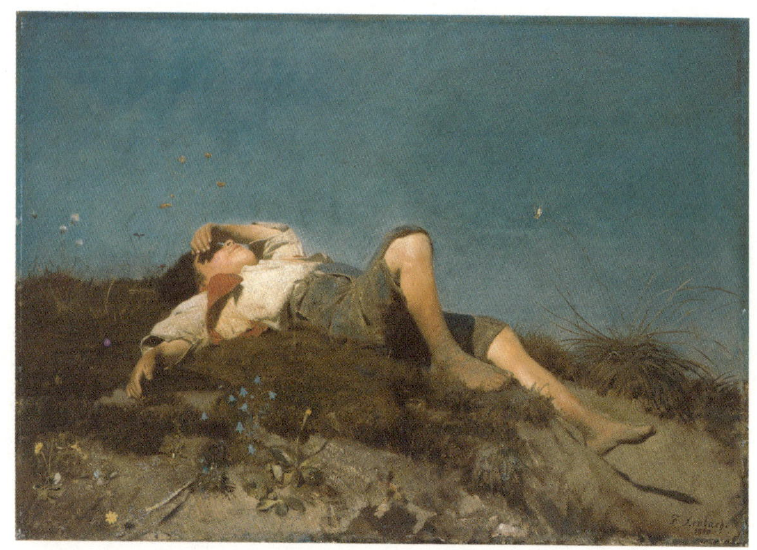

Franz von Lenbach, ⟨A shepherd boy⟩, 1860

사랑하고 사랑받는 것은 햇살을 양쪽에서 느끼는 것과 같다.

- 데이비드 비스코트

To love and be loved is to feel the sun from both sides

나는 사랑을 어떻게 표현하나요?

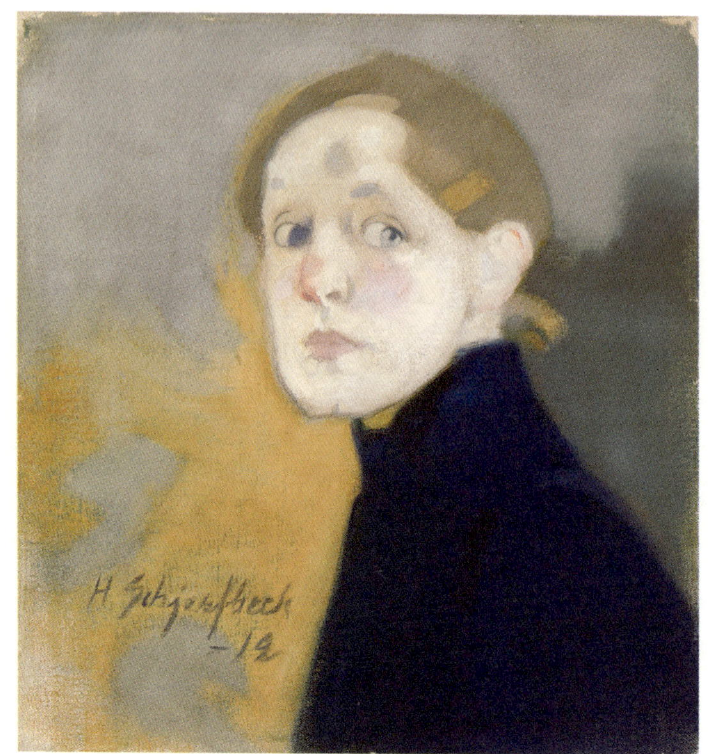

Helene Schjerfbeck, 〈Self-Portrait〉, 1912

준비되어 있다면 이미 절반은 이긴 셈이다.

-《돈키호테》중

To be prepared is half the victory.

목표를 이루기 위해 어떤 노력을 하고 있나요?

＊ 이 책에 실린 질문들은 "돌아보기, 질문하기, 나아가기"의 구성으로 이루어져 있습니다.
질문에 대한 답을 모두 적어본 뒤, 각각 아래에 분류한 〈돌아보기, 질문하기, 나아가기〉의
질문들만 모아서 다시 살펴 보세요. 그 속에 당신이 찾던 인생의 답이 적혀 있을 겁니다.

I 돌아보기

Ⅱ 질문하기

Ⅲ 나아가기

오늘의 질문

초판 인쇄   2025년 6월 9일
초판 발행   2025년 6월 17일

ⓒ 류재희, 최윤정

지은이   류재희, 최윤정
펴낸이   최아영

편집   최아영
마케팅   이 책을 읽은 누군가
디자인   정나영
인쇄   넥스트프린팅
펴낸곳   느린서재
출판등록   2021-000049호
전화   031-431-8390
팩스   031-696-6081
전자우편   calmdown.library@gmail.com
인스타   @calmdown_library
뉴스레터   calmdownlibrary.stibee.com
블로그   blog.naver.com/calmdown_library
ISBN   979-11-93749-21-0 03810

* 이 책은 저작권법에 따라 보호받는 저작물이므로 무단 전재와 복제를 금지합니다.

* 이 책의 전부 또는 일부 내용을 재사용하려면 사전에 저작권자와 느린서재의 동의를 받아야 합니다.

* 잘못된 책은 구입하신 곳에서 바꿔드리며, 책값은 뒤표지에 있습니다.

* 느리게 읽고 가만히 채워지는 책을 만듭니다. 느린서재의 스물여섯 번째 책을 구매해 주셔서 감사합니다.